Ilse Helbich

Vineta

Literaturverlag Droschl

für Lina

»Es ist eine Stelle im Meer, da ist eine große, reiche und schöne Stadt versunken, die hieß Vineta. Sie war in ihrer Zeit eine der größten Städte Europas. Überaus großer Reichtum herrschte allda. Endlich aber zerstörte bürgerliche Uneinigkeit … die Stadt, welche an Pracht und Glanz und der Lage nach das Venedig des Nordens war. Das Meer erhob sich und die Stadt versank. Bei Meeresstille sehen die Schiffer tief unten im Grunde noch die Gassen und Häuser der Stadt in schönster Ordnung. Bei recht stiller See hört man noch über Vineta die Glocken aus der Meerestiefe heraufklingen mit einem trauervoll summenden Ton.«

(Ludwig Bechstein: Deutsches Sagenbuch, Leipzig 1853)

Die Bartbinde meines Großvaters

Man weiß ja nie, was ohne Wann und Warum und schon gar nicht Wozu jäh aus Erinnerungsfluten hochtaucht.

Jedenfalls fährt der alten Frau plötzlich die schwarze Bartbinde ihres Großvaters ein.

Sie war damals ein sehr kleines Mädchen, wahrscheinlich noch nicht einmal ein Schulkind, als sie bei den Großeltern übernachten durfte und so die Morgenrituale des Hauses miterlebte, die so ganz anders waren als bei ihnen daheim.

Der Großvater war noch in Bademantel und Pantoffeln, da war der Frisör gekommen, wie an jedem Tag, sagte die Großmutter.

Im Badezimmer durfte sie zusehen.

Den Herrn Quintus kannte sie gut, er hatte ja sein Geschäft auf der anderen Straßenseite, und er war mit seinem zurückgekämmten glänzend schwarzen Haar, dem kleinen Bärtchen, das die Mutter »Menjou« nannte, und seinem aalglatten Redefluss genau so, wie ein Frisör zu sein hatte – aber das begreift sie erst später. Jetzt beim Großvater durfte der Herr Quintus aber nichts reden, er durfte nur die mageren weißen Haare waschen, trocknen, kämmen und pomadisieren. Dann kam der Bart an die Reihe: Der Schnurrbart wurde gebürstet und frisiert mit einem feinen Kämmchen und Bürstchen, die überstehenden Barthaare mit einem Scherchen gestutzt. Aufmerksam beobachtete der Großvater alle diese Vorgänge.

Und jetzt kam der Augenblick, auf den das Kind gewartet und den es gefürchtet hatte: der Herr Quintus, der die ganze Zeit über geschwiegen hatte, griff nach einer schwarzen Stoffbinde und befestigte sie unter der Knubbelnase des Großvaters. Der sah jetzt ganz fremd aus. Jetzt hatte der Großvater etwas von einem bedrohlichen Riesen, der sich das Maul hatte verbinden lassen, um seine Menschenfresser-Gelüste im Zaum zu halten.

Sie saß in ihrem rosa Bademantel, schweigend wie die beiden anderen, auf dem weißen Hocker im weiten, weiß verkachelten Badezimmer zwischen weiß gestrichenen hohen Schränken und Spiegelwänden und sah dem allen zu.

Wie jeden Morgen war es auch diesmal ein feierlicher Augenblick.

Der Herr Quintus wurde bezahlt und verabschiedet, und dann machte sich der Großvater auf zu seinen morgendlichen Hausgängen: vom Schlafzimmer ins Speisezimmer und weiter in den Salon und in die stockhohe Halle, auch das Zimmer der gerade ausgeheirateten Tochter, in deren Bett das Kind geschlafen hatte, wurde inspiziert, nur die Küche nicht, weil das der Bereich der Großmutter war, nichts für Männer.

Dabei trug der Großvater einige verirrte Gegenstände – Bücher, eine Zigarrenkiste, einen Aschenbecher – wieder an ihren angestammten Platz zurück, ehe er sich endlich – es war noch immer vor 7 Uhr – mit Milchkaffee und Buttersemmel in seinen Lehnstuhl niederließ. Und jetzt war auch die faszinierende und ein bisschen grauenerregende Bartbinde gefallen, die ihrem freundlichen Großvater einen so menschenfresserischen Anschein gegeben hatte.

Über Vineta

Über Vineta wölbt sich ein Meer von Stille, das auch das Anschlagen einzelner Töne nicht unterbricht, nicht das Rollen der schweren Wagenräder auf dem Kopfsteinpflaster, nicht das Bremsenquietschen der Tramway, wie sie an der Station anhält, schon gar nicht die Satzfetzen, die aus einem offenen Parterrefenster fallen, nicht der Schall des Teppichklopfers von dort und von da, das Geleier des Werkelmannes auch nicht, »Rosen aus dem Süden«, jeden Donnerstag um vier Uhr nachmittags vorm Eisgeschäft, vielleicht noch die Glocken, deren Geläute gegenwärtig scheint, auch wenn sie schweigen, Glockengeläute zu mancher Stunde von überallher, langsame Glocken und drängende, feierlich mahnende auch.

Muttermuschel

Irgendwo hoch oben, unerreichbar hoch liegt die perlfarbige Muschel. Wenn ihr einer der sehr Großen diesen Schneckentrichter hinhält, schimmert es heimlich dunkel aus dem engen Gehäuse, da drinnen sieht sie sich zur Winzigkeit verzaubert, geborgen im rund gezirkelten Raum, im Widerhall eines fernen Rauschens. Das sei von weither das immer bewegte Meer, sagt die Stimme des Vaters, das Rufen des Meeres erregt sie noch nicht; es ist jetzt für sie ihr Wiegenlied.

So ist das Dasein des sehr kleinen Kindes im Elternschlafzimmer, zwischen dem Braunschimmer von Ehebett und Kästen; durch die Schleiervorhänge abgesichert kommen hie und da Straßengeräusche, manchmal auch Essensgerüche oder Stimmen durch die verschlossene Schlafzimmertür.

Später, als sie gewachsen ist und ihr Gitterbett verlassen muss, weil das jetzt dem kleinen Bruder gehört, hat sie dieses Schlafzimmer schon auswendig gelernt: den teppichbespannten Diwan vorm Ehebett, der jetzt zu ihrem

Schlafplatz geworden ist und an jedem Abend für sie mit Kopfpolster und Plumeau neu hergerichtet werden muss (aber auf dem Diwan kann man wenigstens springen und die ersten Purzelbäume versuchen, wenn die Mutter aus dem Zimmer gegangen ist; so vergisst man das Gitterbettchen mit den messinggetriebenen Röslein am Kopfende, in dem jetzt der kleine Bruder wohnen darf; es ist angenehm klein, sodass ein kleines Kind darin nicht verloren gehen kann), die beiden braunschimmernden Kästen, sie bewachen von beiden Seiten den Toilettetisch der Mutter mit seinem hohen Silberspiegel und den dort ausgebreiteten Sachen. Wie es schon ein bisschen größer geworden ist, darf das kleine Mädchen all dieses Wunderbare aus der Nähe ansehen und leise berühren: Da sind Parfümflakons mit roten Gummiballons, dort sind die Haarnadeln und Zierspangen, eine Deckeldose voll seidigem Gesichtspuder, das Houbigant heißt, ein Name, den schon das kleine Mädchen bald auswendig kann und später als eines der ersten Worte schreiben lernt. Und es gibt die eiserne Brennschere auf dem kleinen Dreifuß.

Die Brennschere ist tatsächlich eine Art Schere, auf den zwei Holzgriffen sitzen die beiden länglichen Rundteile. Die Schere klappt die Mutter auf und wickelt eine Strähne ihres braunen Haares herum, klappt die Schere zu und wartet ein bisschen, und wenn sie dann das Instrument wieder löst, prangt auf ihrem kleinen Kopf eine neue enggerollte Locke.

Das Wichtigste dabei ist freilich, dass man diesen Ondulierstab zuerst erhitzen muss: deswegen befindet sich unter seinem Haltegestell ja der kleine Glasbehälter voll Spiritus und der Docht, der mit einem Zündholz zum Brennen gebracht werden muss.

Das ist gefährlich, warnt die Mutter, sie erzählt von schrecklichen Wohnungsbränden, die unachtsame Frauen oder ihre spielenden Kinder damit verursacht hätten, und sie ist so überzeugend, dass es dem Kind nie in den Sinn kommt, herumzuzündeln, sie muss dazu nicht einmal an das Paulinchen aus dem Struwwelpeter denken.

Und zur Brennschere gibt es noch das Ondulierpapier – das ist ein Block hauchdünner Seidenpapierblättchen, an denen man den Hitzegrad der einsatzbereiten Brennschere prüft; wenn das Papierchen sich bräunt oder gar zischend verkohlt, ist es besser, die Zange noch eine Weile in der Luft zu schwenken, bevor man sie an die eigenen Haare lässt.

Das Ondulierpapier ist ein Zauberpapier: wenn man darüber leckt und so ein wenig anfeuchtet, und es dann über die Zähne des Haarkamms spannt, hat man ein herrliches Musikinstrument gewonnen, das die eigenen Singtöne und das Brummen in ein nasales Tönen übersetzt und aus den selbsterzeugten Klängen eine fremde, wie von weither kommende Musik macht, die dem kleinen Kind die ersten Ahnungen einer schön tönenden, ganz anderen Welt vermitteln.

Es scheint ihr, sie sei immer allein in diesem Zimmer, das doch erfüllt ist von der Anwesenheit der Mutter, die nur manchmal hereintritt, um etwas zu holen oder nach ihr und dem Baby-Bruder zu sehen.

Er, der jetzt ihr Gitterbettchen bewohnen darf, liegt immer still und geht sie nichts an.

Und auch das riesige dunkelbraune Ehebett geht sie nichts an, es ist für das kleine Kind tabu – sie muss ja nicht hinüberschauen. Es bleibt noch genug in diesem Zimmer, das ihr gehört: der Teppich, dessen verschlungene Linienmuster sie auf allen Vieren von ganz nahe erkundet, der Diwan, auf dem man springen und turnen kann, wenn keiner hinschaut.

Räume

Wer wächst, breitet sich aus. So gewinnt sie Raum um Raum, manche Räume gehören ihr, andere sind Gastland.

Sobald sie die Türklinken erreichen kann, durchstreift sie die Wohnung, die ihren Eltern und vielleicht nun auch ihr gehört.

Das dämmrige Vorzimmer, das sein Licht durch die Eisblumen-Scheiben der immer geschlossenen Zimmertüren erhält, liegt lang im kühlen Schimmer der weißlackierten Kästen und der noch weißer scheinenden Garderobenwand an seiner Stirnseite. Einmal, da war sie noch sehr klein, stand dort auf der Handschuhablage eine hohe Silbervase vor dem silbernen Spiegel und daraus erhoben sich zwei schneeweiße Chrysanthemen und spiegelten sich in einem Silberglanz, sodass es war, als blicke man in eine andere reine Welt.

Das große Badezimmer neben dem Schlafzimmer ist vertrauter und doch auch ein bisschen unheimlich mit seinem Gasofen, der Warmwasser liefert und manchmal explodiert. Dann gibt es einen Krach und Blechteile fliegen durch den Raum und nachher ist alles schwarz von fettem Ruß. Und während man sich die Zähne putzt, muss man immer auf den Gasofen schielen, ob er sich noch ruhig verhält.

Die große Küche ist bloßer Arbeitsraum und der Eintritt nur braven Kindern gestattet. Ein großer Holzherd mit dem Wasserschaff fürs heiße Wasser, ein Gasrechaud, auf dessen beiden Kochstellen man in der Früh rasch das Wasser für den Filterkaffee kocht oder abends den Kindergrießbrei, und über dem Herd der hölzerne Wäschetrockner mit seinem Gestänge, der an einer Schnur hochgezogen wird, was für ein schönes Spielzeug wäre das! Dort oben trocknen in der Herdhitze die Stoffwindeln des kleinen Bruders, die vorher im Windeltopf lange ausgekocht wurden. Darum riecht die Wohnung immer ein wenig sauer nach Kleinkind – die Mutter hasst diesen Geruch, aber was soll man machen?

Sonst gibt es einen Arbeitstisch mit einer Ahornplatte und zwei Holzsesseln, da können die Kinder ruhig sitzen und der Mutter und der Mizzi zuschauen, wie sie den Nudelteig kneten und auswalken und ihn dann in hauchdünne Fäden schneiden für die Suppennudeln, und wenn die Mutter gut aufgelegt ist, wirft sie ein so ausgewalktes Teigstück auf die heiße Herdplatte, wo es sich in Blasen hebt und bäumt, und dann halten Mutter und Kinder einvernehmlich eine herrliche Zwischenmahlzeit. Diese Teigfladen, zu denen die Mutter »Mazzes« sagt, hat sie als Kind schon von ihrer eigenen Mutter bekommen.

Es gibt natürlich auch die Mädchenkammer, in der die Mizzi wohnt, wo die Kinder hinein dürfen, wenn sie anklopfen, die jedoch die Mutter nie betritt, und es gibt die anderen Zimmer, das große Speisezimmer, das nie benutzt wird, aber wohl da sein muss, das Herrenzimmer und natürlich die Bauernstube.

Später begreift das Kind, dass im Parterre unter ihnen Onkel, Tante und der Walter in einer spiegelgleichen Wohnung leben. Der Walter ist nur ein Jahr jünger als sie selbst und daher der richtige Kumpan für alle Kinderspiele.

Und noch später erfährt sie, dass der Großvater dieses Haus mit seiner Zimmereinteilung, so wie es da steht, für seine beiden ältesten Söhne vor deren Heirat geplant und gebaut hat – warum haben die Großen eigentlich auf die Kinderzimmer vergessen?

Wenn das Kind die polierte Eichenstiege zum Dachboden hochklettert, ist der Treppenabsatz dort oben ein guter Ort, um lange müßig zu sitzen und vor sich hin zu schauen, ungestört von allen anderen.

Der Dachboden selbst ist weiter nicht interessant, kein Taubengurren, nur kaltes Licht unter den Dachsparren. Man könnte sich höchstens über die Leintücher und Hemden wundern, die im eiskalten Winter bretterhart gefrieren, vielleicht könnte man von ihnen Stück um Stück abbrechen wie von einer Waffel.

Da ist der Hauskeller schon viel aufregender: Zwar sind die Waschküche und der Vorratskeller ohne großes Geheimnis, aber dann gibt es auch den Erdäpfelkeller unter der Stiege, der ist nieder und dunkel und hat einen noch schwärzeren, einen unheimlichen Winkel.

Manchmal wird eines der Kinder in den Kartoffelkeller geschickt, um eine Flasche Bier zu holen, die dort lagert.

Einmal, da sah sie sich gerade im Holzkeller um, hörte sie den kleinen Bruder herunter tappen. Er brauchte sehr lange über die Kellerstiege, weil er immer wieder Halt machte. Sie schlich näher; wenn er den Kellergang betreten würde, würde sie laut »hu« rufen und ihn erschrecken. Da hörte sie, dass er vor sich hinsprach, und jetzt verstand sie auch, was er sagte: »Räuber, bitte tu mir nichts, da kommt nur ein ganz kleines Kind«, und das sagte er wieder und wieder.

Sie blieb in ihrem Versteck, bis er endlich die Bierflasche gefunden hatte und rasch die Stiege hinauflief.

Aber beim Nachtmahl musste sie es doch verkünden, das Erlauschte. Die Eltern lachten laut und sie ein bisschen. Und der kleine Bruder schämte sich.

Die Bauernstube

Die Bauernstube ist der Raum, in dem sich die Familie trifft, Eltern und Kinder bei den Mahlzeiten und Vater und Mutter in den Stunden nach dem Abendessen. Wo sich die Mutter untertags aufhält, wenn sie gerade nicht in der Küche mit dem Herrichten der besonderen Speisen, etwa der Torten und Kuchen, zugange ist, weiß das Kind nicht und es interessiert es auch nicht.

Die Stube ist erdbraun und klebrig. Kastentüren, Kommoden sind mit einer Lasur überzogen, unter der grelle Bauernblumen lauern, und wenn man diese Flächen berührt, bleiben die Finger daran picken und müssen mit einem kleinen Ruck befreit werden, das macht, dass man lieber nicht hingreifen möchte.

Darum hat dieses Zimmer für das Kind etwas buchstäblich Abstoßendes: Wenn sie ihre Schullade oder ihre Wäschelade aufzieht, ist ihr, als wäre sie gerade ins Märchen vom Schwan-kleb-an gefallen.

Dagegen hilft es auch nicht, dass sie später erfährt, es sei eine Idee des Großvaters gewesen, diese Möbel von einem Museumsraum zu kopieren, es klingt, als könne man sich darauf etwas einbilden – wer hat schon echte Museumskopien in seiner Wohnstube?

Da kann man nur froh sein über den schweren Bauerntisch in der Sitzecke, der ist unverziert, und seine dicke Nussholzplatte ist schön glatt unter den Händen.

Jedoch über dem Tisch hängt fast drohend ein aus Eisenranken geflochtener Leuchter, der mit roten Porzellankerzen besteckt ist, deren Lämpchen ein hartes Licht verbreiten, und an den Wänden Krickerl an Krickerl, in vielen vielen Jagden geschossene Geweihe: die Trophäen des Vaters, all die armen Rehe, die armen Sechser und Gabler, die er erlegt hat.

Und das Haupt des Bettkolosses in der anderen Ecke ist auch so bemalt und auch so klebrig, und dort schläft sie jetzt, seit der kleine Bruder in ihr liebes Gitterbett aus blinkendem Messing eingezogen ist und seit sie auch den provisorischen Diwan verlassen hat.

Und nach dem Nachtmahl gehören Bett und Bauernstube ja auch nicht ihr, weil dort der Vater mit der Mutter sitzt.

Sie selbst liegt im Schlafzimmer auf dem Diwan vorm Elternbett lange wach, horcht auf die Atemzüge des kleinen Bruders aus dem entfremdeten Gitterbett und wartet.

Sie wartet auf den Vater, der drüben in der Stube mit der Mutter sitzt, von seinem schwierigen Geschäftstag spricht und seine Abendzigarre raucht, dann schläft sie endlich doch ein und wird nur halbwach, wenn der Vater sie holen kommt und auf seinen Armen hinüberträgt in die Bauernstube, wo die Mutter das braune Bett im Winkel neben dem Kachelofen aufgeschlagen hat, die Bauernstube riecht noch nach Zigarrenrauch. Jetzt ist sie wieder hellwach, sie liegt da und horcht auf die Geräusche aus dem Badezimmer und beobachtet die spitzen Geweihe, die von den Rehen geblieben sind, die alle der Vater totgeschossen hat. Sie schielt hinauf zum ausgestopften Auerhahn mit seinen zornrot umrandeten Glasaugen und den zum Angriff gespreizten Flügeln, aber seine Drohgebärde geht nicht in einen Angriff über, und sie darf einschlafen.

Das Herrenzimmer

Das Herrenzimmer gehört allein dem Vater, auch wenn das schwere Klavier der Mutter raumbeanspruchend darin steht – aber das Klavier steht eben nur dort – die Mutter hat sie darauf schon lange, lange nicht mehr spielen hören, die spricht nur manchmal davon, dass das Klavierspielen ihre Leidenschaft sei, aber sie spielt trotzdem nicht, das ist eben so, weiß das Mädchen.

Das Herrenzimmer ist sehr schwarz, mit noch dunkleren Möbeln als in den anderen Zimmern, mit einem mächtigen Bücherschrank, hinter dessen Glastüren dicke schwere Bände aufgehoben sind und in den unteren Regalen die Zeitschriften voll mit Plänen, mit denen das Mädchen nichts anfangen kann, und vielen Schwarzweiß-Fotos von Häusern und Zimmern. Diese Hefte holt sie sich manchmal, wenn ihr die Bilderbücher langweilig geworden sind, sie blättert langsam und schaut in ein helles Wohnzimmer mit hohen schlanken Schränken, sie stellt sich vor, dass sie dort hinter dem eingebauten Schreibtisch sitzt und hinausschaut auf die Äste einer Birke, die dort vorm Fenster hinabrieseln, und ihr ist federleicht zumute.

Ja, sie darf das, die Zeitschriften herausholen und durchsehen, es ist ja nicht so, als ob ihr ein Raum in ihrem Zuhause verboten wäre, nur das Herrenzimmer betritt sie eben selten – sie spürt, dass dieses Zimmer sie forthaben will, sie gehört nicht hierher.

Trotzdem oder gerade deswegen vertrödelt sie ihre leeren Stunden im leeren Haus am häufigsten hier, wo sie nicht gewollt ist.

Der Schreibtisch, der dem Vater gehört. Sie ist erst vier oder fünf Jahre alt, als sie sich einmal, wie beiläufig, daran macht, ihn zu entdecken.

Den Schlüssel zu seinen Fächern findet sie gleich in der oberen unversperrten Schublade, da wartet er obenauf auf Papieren und schaut sie an. Gleich neben dem Schlüssel liegt der schwarze Revolver des Vaters, der Vater hat ihn ihr einmal gezeigt und ganz ernst vor ihm gewarnt – sie hat Angst vor diesem glänzenden Ding, das sie gar nicht anschauen mag –, sie packt also den Schlüssel und macht diese Lade schnell wieder zu. Ganz leicht sperrt der Schlüssel das Seitenfach, darin entdeckt sie kein Geheimnis, nichts als Papiere und Broschüren, die sie noch nicht lesen kann. Aber weiter hinten ist eine Schachtel, in der liegen eine goldene Kette, ein paar Goldmünzen und eine einzige mattschimmernde kleine Kugel, eine Perle, die erkennt sie, weil auch die Mutter eine solche Perlenkette hat, die hat sie wieder von ihrer Mutter bekommen, und diese Perlenkette trägt sie an jedem Tag.

Die Perle nimmt sie. Dann hat sie den Schreibtisch wieder gut versperrt, die schimmernde Perle auf dem braunen Parkettboden ein wenig hin- und herrollen lassen und, als auch das fade wurde, das Kügelchen in ihren Puppenwagen unter die Matratze gelegt und gleich vergessen.

Die Geschichte mit der Perle hat ein Nachspiel: Eines Abends, da hat sie die kleine Kugel schon längst vergessen, geht die Mutter hinüber zum Puppenwagen, der wie immer unbeachtet in einem Stubenwinkel steht, hebt die Matratze an, zieht darunter die Perle hervor und reicht sie dem Vater, der sie in seiner großen Hand hält und das Mädchen lange ansieht, ohne ein Wort zu sagen, dann aufsteht und ins Herrenzimmer geht, wohl um dieses Ding wieder wegzusperren.

Kein Wort wurde dabei gesprochen, und auch später wurde über das, was sie getan hatte, niemals ein Wort verloren.

Später geht sie nicht so gerne ins Herrenzimmer, nur manchmal, wenn der Vater an seinem Schreibtisch sitzt, am Abend oder an Sonntagnachmittagen, schleicht sie hinein, sitzt still in einer Ecke und sieht dem Mann zu, der unter der Schreibtischlampe mit dem grünen Glasschirm den Kopf nicht hebt, so vertieft ist er in seine Pläne und Rechnungen, dass er vielleicht gar nicht merkt, dass sie schon eine ganze Weile dort drüben im dunklen Winkel sitzt und ihn anschaut, der vom Rauch seiner Zigarre eingehüllt ist.

Zwerge

Die Gartenzwerge hält der Großvater im Garten seines Waldviertler Landhauses, dort warten sie, dort lauern sie unter Fichten und Tannen und Birken.

Es sind besondere Zwerge, die der Großvater wie alles, was er anschafft, wahrscheinlich von weither und aus einer angesehenen Werkstatt hat kommen lassen.

Die Zwerge sind nicht viel kleiner als das Kind. Sie tragen stark voneinander abgesetzte hochglänzende Farben, grellrot und blitzblau, stiefmuttergelb und spitzgrün, sodass es dem Kind in den Augen wehtut, wenn es hinüberschaut.

Die Zwerge sind in Tätigkeiten erstarrt, der eine gräbt mit seiner Stielschaufel, der andere schiebt einen Schubkarren, noch einer, der größte aus der Schar, steht einfach so da und zieht an seiner Pfeife. Es gibt auch einige Zwergenfrauen, die sind kleiner und gehen mit ihren Körben Pilze sammeln oder haben ein noch kleineres Gnomenkind neben sich; die Zwergenfrauen sind jedoch nicht wichtig und man muss sich vor ihnen nicht fürchten.

Wenn man lang genug zu ihnen unter den Fichten hinschaut, kann man meinen, sie fingen an sich zu regen, das ist eine Erleichterung, dann sind sie ein wenig wie das Kind auch – die drei dort drüben jedoch verharren weiter in ihrer lauernden Reglosigkeit, es ist so, als sei ihnen ein anderes, den Hiesigen Unzugängliches eigen, in dem sie sich die allerbösesten Dinge aushecken können.

»Schau nur, wie herzig die Zwergerl sind«, sagt die Großmutter, und also kann sie ihr nicht und niemandem sonst erzählen, wie sehr sie sich fürchtet vor diesen anderen, wie sie in ihren Träumen auftauchen und mit immer angefrorenem Lächeln das graue Tuch in den Leimtopf tauchen, das Tuch, das sie ihr gleich aufs Gesicht drücken werden, sodass sie ersticken muss und dann, obwohl sie noch immer lebt, eingegraben wird mit ihren Spaten und Zwergschaufeln. Und dass sie, wenn sie hier, im Wiener Garten, in der neuen Sandkiste Kuchen bäckt oder Burgen baut, immer wieder zu den Föhren hinüberschielt, da war doch eine Bewegung, ein Aufblitzen wie von einer Gartenschaufel – lauern dort schon die Gartenzwerge, und sie sieht sie nur nicht?

Hochstammrosen

Im Garten ist auch für die Kinder vorgesorgt: Sie haben ihren eigenen Platz. Erst ist es die Sandkiste im Schatten des Nussbaumes, und als sie der entwachsen sind, wird an dieser Stelle ein »Turnapparat«, wie er gerade in Mode kommt, errichtet, ein mächtiges Holzgerüst mit einer Sprossenleiter auf der einen und einer Kletterstange auf der anderen Seite und mit Vorrichtungen zum Befestigen von Reckstangen und zum Einhängen von Ringen oder Schaukeln am Querbalken.

Der größere Gartenteil gehört den Erwachsenen und ist anders, ein bisschen so wie das Herrenzimmer.

Im Vorgarten steht eine Reihe Hochstammrosen. Sie werden gestützt durch weiß gestrichene Stäbe, deren oberes Ende dunkelgrün abgesetzt ist.

Eigentlich sind die Hochstammrosen nicht lieblich, sondern eher giraffenähnlich mit ihrem langen dünnen Stamm und der zu kleinen Laubkrone obenauf.

Manchmal, wenn sie gedankenlos im Vorgarten steht und vergessen hat, dass morgen Mathe-Schularbeit ist, bleibt ein Vorbeigehender stehen und sagt über den weißen Stakettenzaun, dass die Rosen heuer wieder wunderschön seien, eine Freude und ein Stolz für die ganze Umgebung.

Wenn das dem Vater passiert, zieht er manchmal das Taschenmesser, das er immer bei sich trägt, aus der Hosentasche, klappt es auf und schneidet der Dame eine besonders schöne Rosenknospe ab, die er ihr dann über den Zaun reicht.

Der Großvater

In ihrem Kleinkind-Kosmos ist der Großvater die faszinierendste Figur: Er ist es, der dem Kind seine Geschichten erzählt, sie handeln von Räubern und Wilderern, die er im Wald getroffen hat, der Großvater war in großer Gefahr, aber die Geschichten gehen für ihn immer gut aus.

Sie ist der Liebling des Großvaters und gegenüber den später geborenen Enkelsöhnen bevorzugt.

Nur mit ihr teilt der Großvater im Frühwinter die ersten aus der Schale krachenden Zwillingsmandeln, das »Vielliebchen«, und vergisst nie das kleine Siegergeschenk, das er ihr am Morgen schuldet – weil immer sie es ist, die ihm in der nächsten Frühe das »Guten Morgen, Vielliebchen« zugerufen hat, und sei es auch durchs gerade neu installierte Haustelefon.

Und sie darf die Großeltern am Sonntag zur Spätmesse begleiten, eine »stille Messe«, die bald aus ist, am Heimweg grüßen alle Begegnenden ehrerbietig, und damit sind auch sie und die Großmutter mitgemeint.

Wenn sie von der Kirche heimkommt, geht sie mit dem

Großvater in die Küche, dort füllt er die Taschen seines schönen Anzugs mit Zuckerstücken, dann gehen sie miteinander in den Stall, jedes Pferd bekommt seine Sonntagsration von zwei Stück Würfelzucker. Am Anfang hält der Großvater seine braune Hand unter ihre kleine, auf der ein Stück Zucker liegt, und führt ihre Hand langsam zum Maul des Pferdes, das sich zu ihr hinunterbeugt und seine Wulstlippen öffnet, da kommen die großen gelben Pferdezähne zum Vorschein; am Anfang wollte sie dann immer zurückzucken, aber jetzt hält sie schon lange ihre Hand ruhig dem Pferd entgegen und der Großvater steht nur schützend daneben. Nur in die Box mit den beiden schweren Apfelschimmeln darf sie nicht, die beiden sind heimtückisch, der Hansi hat seinen Kutscher, den Manhartsberger, krumm geschlagen. Der Großvater geht trotzdem zu den beiden Schimmeln, die sich bei ihm ganz ruhig verhalten, auch sie bekommen den Sonntagszucker.

Und sie darf als einzige neben dem Großvater im Hof stehen, wenn ein Pferd die Kolik hat und sich mit zum Himmel gereckten Hufen in seiner Koje wälzt.

Der eilig herbeigerufene Kutscher zerrt das sich sträubende Ross aus dem Stall und rennt neben ihm immer wieder die Hoflänge auf und ab, das Pferd will ihn abschütteln, aber der Kutscher ist stärker und rennt weiter.

Unter den Hufen des Pferdes knattern die Pflastersteine, in der Luft ist Schlagen und Dröhnen, dem kranken Pferd trieft der Schaum von den Flanken und dem Kutscher, der noch in seinem Sonntagsanzug steckt, rinnt der Schweiß übers Gesicht.

Der Großvater steht im Hof und schaut ruhig zu, er hält sie fest an der Hand und sie fürchtet sich wirklich nicht.

Manchmal fallen ihrem Großvater seltsame Späße ein. Einmal, da ist die Großmutter ausnahmsweise ausgegangen, ruft er sie über das Haustelefon. Als sie ins Speisezimmer tritt, hat er schon angefangen, die Wohnung auf den Kopf zu stellen: der Tisch ist mit den Töpfen und Pfannen aus der Küche gedeckt, der eiserne Schürhaken liegt als Vorlegebesteck daneben. Jetzt macht sich der Großvater daran, die bräunlichen Ölbilder kopfüber aufzuhängen, es macht ihm nichts aus, dass er dafür einen Hammer holen muss, um die Haken auf der Unterseite der Rahmen hineinzuschlagen.

Die Stühle werden auf die Anrichte getürmt. Der Großvater ist ganz rot im Gesicht. Der kleine Mann sieht aus wie das Rumpelstilzchen im Märchenbuch.

Jetzt steht er gerade vor dem Kamin und berät mit ihr, was man hier anstellen könnte, da geht die Türe auf und die Großmutter kommt in einem schwarz-weißen Seidenkleid herein. Sie sieht sich im Zimmer kurz um, nicht die kleinste Überraschung ist ihr anzumerken, sie geht hinaus und ruft aus der Halle nach dem Mädchen, das gerade Zimmerstunde hat, es solle herunterkommen und alles zurückräumen.

Den ganzen Tag über ist der Großvater beschäftigt. Schon das Vorschulkind kennt die strenge Einteilung von Großvaters Tag. Zeitig aus dem Bett, der Friseur kommt zum Rasieren und Pflegen, Frühstück, Milchkaffee und Buttersemmel schon vor sieben Uhr, Punkt sieben Uhr an seinem Schreibtisch im Chef-Büro oder draußen im Betrieb, Wege zu Behörden und auf Baustellen, eine Stunde Mittagspause und dann wieder das Büro, pünktlich um halb fünf macht der Großvater jeden Tag Schluss, dann nimmt er Hut und Spazierstock und marschiert zu einem der nahen Heurigen, aus Gerechtigkeitsgründen einmal zu dem und dann zum anderen. Beim Heurigen trifft er seine Freunde, es sind würdige beleibte Männer, Gewerbetreibende, meist so wie er selbst, aber auch ein berühmter Burgschauspieler gehört zu dieser Runde und Universitätsprofessoren – beim Heurigen sind alle gleich.

Zu diesen Treffen nimmt sie der Großvater nie mit – wie sollte er auch, sie ist ja ein Mädchen. Und Frauen haben in dieser Runde nichts zu suchen.

Wenn der Großvater heimkommt – so gegen halb sieben – isst er mit der Großmutter ein einfaches Nachtmahl, ein Käsebrot und ein Krügerl Bier und nachher Wein aus dem eigenen Weingarten – in dieser Familie trinken die Männer, Vater und Söhne, viel und regelmäßig.

Gleich danach steht der Großvater auf und geht eine Stufe hinauf zu seinem durch eine Holzbalustrade vom Speisezimmer abgesetzten Leseplatz, er und die Großmutter nehmen am kleinen Tisch auf zwei gegenüberstehenden Holzstühlen Platz, beide schlagen das dicke Buch auf, das sie gerade lesen, bei der Großmutter ist es ein gängiger Roman, vom Ganghofer etwa oder von einem norddeutschen Schriftsteller, der Gustav Frenssen heißt, beim Großvater kann es vielerlei sein, das hat sie bald herausgefunden, einmal etwas Langweiliges mit vielen Jahreszahlen oder ein Reisebericht aus Afrika mit schwarzweißen detailgenauen Bildern und ein anderes Mal der Tarzan.

Sie liegt auf dem Speisezimmerteppich, spielt mit alten Ansichtskarten, die die Großeltern aufgehoben haben, und sieht den beiden Alten beim Lesen zu. Der Großvater liest mit unbewegtem Gesicht, schnell blättert er die Seiten um, die Großmutter gegenüber bewegt beim langsamen Lesen die Lippen, manchmal entkommt ihr eine Silbe, sie lässt ihre Augen hinter den Brillengläsern ganz langsam von einer Zeile zur nächsten gleiten. Hat die Großmutter denn nie richtig lesen gelernt?

So passt es, dass sie von den Großeltern auch das allerschönste Geschenk ihrer Kinderjahre bekommt: An ihrem Geburtstag im späten Oktober sind die Großeltern auf einmal in der Bauernstube, wo sie gerade Aufgaben macht, und überreichen ihr ein liebevoll verpacktes Geschenk, auf dem sonnengelben Glanzpapier steckt im orangenen Seidenband eine Rose, es sei die letzte Rose aus dem Garten, sagt die Großmutter. Unter den Augen der beiden Gratulanten packt sie ihr Geschenk aus, es ist ein dickes Buch: *Die Biene Maja*, mit Seiten voller bunter Bilder.

Sie liest dieses Buch nur in kleinen Portionen, damit die Freude daran länger hält, und bevor sie es aufschlägt, prüft sie, ob ihre Hände auch sauber sind.

Vom Großvater hat sie wohl ihre Lesewut, und die findet bei ihm auch ihre erste Nahrung. In einer sonst leeren Kammer des Großelternhauses steht ein Kasten, dessen Fächer in alphabetischer Ordnung mit Büchern vollgestopft sind. Bald darf sie sich ausborgen, wonach ihr das Herz steht, sie liest also vieles von diesem Ganghofer und einen Roman, der *Ferien vom Ich* heißt, und in ihr bisher unbekannte Sehnsüchte weckt. Sie verschlingt dicke Wälzer von einem Dostojewski, *Schuld und Sühne* und *Der Idiot* – und versteht sie nicht, sie ist ja erst zwölf oder dreizehn. Es bleibt jedoch eine vage Beunruhigung, als ob das, was um sie ist, nun in ein fast unmerkliches Schwanken geraten wäre.

Im ersten Stock gibt es auch ein Bibliothekszimmer, die schönen Bücherschränke bedecken ringsherum die Wände bis zur Decke, in der Zimmermitte stehen ein mit grünem Filz bezogener Tisch, ein Lesestuhl und eine Leselampe mit grünem Glasschirm warten in den Ecken; viel später begreift sie, dass dieses Zimmer in strengem Jugendstil eingerichtet war, aber auch das unwissende Kind lässt sich jedes Mal von der ernsten Abgehobenheit des Raumes einfangen.

Die Bibliothek ist für sie tabu. Sie weiß nicht einmal, was sich in den Wandschränken verbirgt oder ob die vielleicht gar leer stehen.

Der Großvater ist überall, er ist über allen: Er herrscht über seine Söhne, sogar über ihren Vater, über die schweigende Großmutter und die störrischen Schwiegertöchter. Alles was sich am »Holzplatz« bewegt, ist ihm untertan.

Alle, die zu dieser Familien gehören, machen sich an jedem Donnerstag Abend auf zum Familienessen, sitzen um den langen weißgedeckten Tisch, der Großvater im einzigen Lehnstuhl hat den Vorsitz, sie essen sich durch die bürgerlichen Gänge: Suppe, Fleisch mit Beilagen, eine üppige Cremetorte, dann Obst und Nüsse. Die Männer sprechen zuerst über das Geschäft, später ausführlich über die Jagd, die Frauen sitzen stumm und verstockt dazwischen, die drei Kinder haben ihren Platz am unteren Tischende um den jüngsten, noch unverheirateten Onkel, der bald tot sein wird. Sie müssen still sein. Der Onkel, der Pfadfinderführer ist, macht manchmal leise einen Pfadfinderwitz, den die drei langweilig finden.

Die Schwiegertöchter, ihre Mutter und die Tante, hassen die Schwiegermutter. Sie erzählen gerne, dass die sie, als die jungen verheirateten Frauen in dieser Familie landeten, geradezu kujoniert habe – ah, da hat sie ein neues Wort gelernt, das sie bei ihren Schulfreundinnen gelegentlich fallen lassen kann! –, aber noch immer hält der Großvater die Zügel fest in seiner Hand.

Und an jedem Heiligen Abend eilen sie, nachdem bei ihnen daheim das Silberglöckchen endlich geläutet hat und das Christkind wirklich gekommen ist mit schönen Geschenken, wie alle anderen Angehörigen dieser Familie hinüber ins Großvaterhaus; die Kinder maulen, weil sie die gerade empfangenen Spielsachen zurücklassen müssen. »Drüben«, so heißt bei allen das Großvaterhaus, wartet ein langes Festessen, und nachher, wenn die Kinder schon schläfrig sind, kommt erst die zweite Bescherung.

Wenn sie den von bunten Kerzen beleuchteten Baum sehen, werden sie aber wieder hellwach. Im Großelternhaus gibt es freilich nicht so schöne Geschenke wie zuhause: Sie finden für sich je eine einzige, ein bisschen langweilige erzieherische Gabe unterm Baum, sie wissen, dass dieses Geschenk von ihren Müttern ausgesucht und gekauft wurde – es muss seinen Preis haben und das auch zeigen. Vielleicht kann sich das Mädchen darum schon im Februar nicht mehr erinnern, was es da bekommen hat.

Die Schwiegertöchter erhalten alle das gleiche Geschenk: einmal ist es ein schwarzer Persianermantel, einmal ein goldener Armreifen.

Der Großvater hat viele Bücher bekommen: er packt sie zusammen und trägt sie hinüber in sein Schlafzimmer, wo er sie in aller Ruhe studieren kann.

Der Christbaum ist freilich ein echter Weihnachtsbaum und vergoldet den tristen Heiligen Abend: Er ist breiter und grüner als der daheim, scheint es dem Kind, und auch nicht so feierlich wie ihrer zuhause, der in elegantem Silber und Weiß prunkt; der hier ist dick behängt mit den wunderbarsten bunten Dingen. Sie kann nicht genug schauen und den filigranen Schmuck bewundern, den die Großmutter Gablonzer nennt, und das Zuckerzeug ist auch wie ausgedacht für die Kinder: Zinnsoldaten und Fußbälle aus Schokolade, winzige bunte Bonbons in feinen Silbernetzen, eine Imitation einer Bierkiste mit winzigen Fläschchen, die gefüllt sind mit Säften in allen Regenbogenfarben.

Die Kleine weiß, dass eine winzige Elfe unter diesem Wunderbaum wohnt, der alles dieses Zauberzeug gehört, und sie träumt, dass die kleine Elfe sich zu ihr traut, in ihrer Hand liegt, und sie dann die neue Kameradin in ihrer Kleidertasche versteckt. Und da wird sie jetzt heimlich wohnen und immer bei ihr sein, aber da ist sie unter dem Christbaum schon beinahe eingeschlafen und muss jetzt auf und über den schneefeuchten Weg heimgehen und liegt endlich in ihrem Bett in der Bauernstube.

Kleider

Als sie noch sehr klein ist, bekommt sie ein wunderschönes Kleidchen. Das ist kurz und hängt ihr luftig von den Schultern, und wenn sie läuft, entsteht in seinem dünnen Stoff ein leichtes Wehen, das das Kind beglückt.

Es weigert sich, diesen Sommerhänger so oft anzuziehen, wie ihn die Mutter morgens auf dem Sessel bereitlegt, dieses Kleid hebt sie sich für die besonderen Tage auf, von denen sie nicht vorher weiß, dass es besondere sein werden, jedoch wenn sie morgens die Augen öffnet, ist ihr auf einmal das Festliche gerade dieses Tages bewusst.

Manchmal, wenn sie allein ist, hebt sie den Saum des Kleidchens, um den Stoff ganz genau betrachten zu können. Sein weißer Grund ist dicht bedeckt mit zartgrünem Rankwerk und winzigen rosaroten Rosenknospen, die locker dazwischen gestreut sind.

An dieses nie vergessene Kleidchen kommt später kein anderes heran, auch nicht der eng geschnittene Kasack aus ihrer Mädchenzeit, der eng anliegend und gegürtet ist und ihre sich gerade entwickelnden Brüste leise betont. Aber der Kasack-Zweiteiler ist keine Offenbarung für seine Trägerin, wie es damals das Kleinkind-Hängerchen war und wie es manche Kleider ihrer Mutter sind.

Wie damals alle handnahen Gegenstände, sind auch die Kleider der Mutter je einmalig und von Wert.

Als kleines Kind liebt sie die beiden Opernkleider der Mutter: das schwarze bodenlange, das aus einem glänzenden Unterkleid und dem darüber wallenden Spitzenteil besteht und an Schultern und Armen die weiße Haut durchschimmern lässt.

Das zweite Abendkleid wäre nichts Besonderes für das Kind, reichte nicht der hinten bodenlange Saum vorne nur bis zu den Knien. So muss sie tief verwundert immer wieder um die so merkwürdige Neuheit herumkriechen, um sie von nahe zu betrachten, wieder und wieder, und die sonst so rasche und ungeduldige Mutter steht still und lässt ihre kleine Tochter lächelnd gewähren – vielleicht ist es das, was als Erinnerung haften blieb, und nicht dieses sonderbare Opernkleid.

Die Tönemaschine

Der Vater ist ein Techniker durch und durch; er beschäftigt sich gerne mit komplizierten Geräten. Natürlich hat er einen Fotoapparat, einen ungefügen, schweren Kasten, den die Kinder nicht anrühren dürfen, weil er so heikel ist. Der wird auf einem ebenso mächtigen Stativ festgeschraubt, und dann verschwindet der Kopf des Vaters sehr lange hinter einem schwarzen Tuch, nur seine Hosenröhren bleiben zwischen den dünnen Beinen des Stativs sichtbar.

Die Glasplatten, die in diesem Fotoapparat stecken, werden dann über den Hof zum jungen Onkel getragen, der sie in seiner Dunkelkammer zu Schwarzweißbildern entwickelt. Die Kinder stehen mit ihm im dunklen, von einer blauen Lampe nur wenig erhellten Raum und beobachten, wie aus dem weißen Papier plötzlich Gestalten wachsen: die Mutter auf der weißen Gartenbank mit einem fremden, starren Lächeln in ihrem Gesicht, eine Balkenkonstruktion, die die Kinder nichts angeht, und einmal gar der Zeppelin, zigarrenförmig, über den gut bekannten Hausdächern der Billrothstraße.

Auch eine Spielzeug-Dampfmaschine besitzt der Vater noch aus seiner Jugend. Mittels ihres Treibriemens könnte man leicht das aus Matador-Teilen gebaute Hammerwerk zum Laufen bringen oder den großen Kran, den der Vater gerade zusammensetzt; aber leider hat er nicht mehr Zeit für die Kinder und muss wieder ins Büro, und der Kran bleibt halbfertig stehen.

Einmal bringt der Vater ein merkwürdiges Gerät heim. Was er da auf den Küchentisch stellt, ist eigentlich keine Maschine, nichts daran regt und bewegt sich, das viereckige Glasgefäß sieht nicht anders aus als ihr Goldfisch-Aquarium, nur ist statt des Wassers eine Säure darin und den Kindern wird streng verboten, auch nur eine Fingerspitze einzutauchen, es käme sonst zu schlimmen Verbrennungen.

Aus dem Aquarium führen schwarze Drähte, und an einem hängt ein Kopfhörer, so einer, wie ihn auch das Telefon-Fräulein drüben im Büro aufsetzt, wenn es klingelt und sie mit Stöpselziehen und Neuverkapseln die Verbindungen in die verschiedenen Abteilungen herstellt.

Jetzt hat der Vater die Kopfhörer aufgesetzt und hantiert lange, die Familie sieht gespannt zu: sie ahnen nicht, was das werden soll.

Dann ein triumphierendes »Ha« und der Vater setzt die

Kopfhörer ab und der Mutter auf, die horcht hingerissen, dann kommen die beiden Kinder dran und schließlich auch die Mizzi.

Das Mädchen hat krächzende Töne vernommen. Manchmal ein Bumpern dazwischen. Sie schüttelt den Kopf: Wo kommt dieses Krächzen und Bumpern auf einmal her und was soll es bedeuten?

»Das ist der Radetzky-Marsch«, verkündet der Vater stolz, und dann dürfen sie alle noch einmal die Kopfhörer aufsetzen, und jetzt spielen die Unsichtbaren etwas, was der Vater für einen Strauß-Walzer hält.

Die beiden Kinder haben bald genug von der Vorführung und verdrücken sich in den Garten zu ihrem neuen Turngerät und streiten sich dort um die Ringe, weil jeder seine Purzelbäume üben will.

Die merkwürdige Maschine, die eigentlich gar keine Maschine ist und noch keinen Namen hat, haben sie schon wieder vergessen: mit der ist es wie mit allen Zauberkunststücken: zuerst aufregend und spannend und exotisch, jedoch mit dem eigentlichen Leben hat sie nichts zu tun und versinkt so rasch wieder, wie sie aufgetaucht ist.

Der Teppichpracker

In dem Meer aus Stille, das sich über Vineta breitet, schwimmen vereinzelte Töne: Wagenrumpeln, Taubengurren, zwei Kinderstimmen, das Kreischen von Tramwaybremsen, Kirchengeläute überallher und der Hall des Teppichklopfens in den Morgenstunden.

Schall, Hall, Widerhall.

Diese Töne sind eine Sprache, die das Mädchen nicht verstehen kann: Es ist, als riefen sich Angehörige eines fremden Stammes ihre Botschaften zu.

Jedoch gibt es darunter Geräusche, deren Herkunft sie deuten kann: sie weiß, dass es jetzt die Hausmeisterin ist, die drüben im Zinshaus voller Wut, die die Frau immer in sich trägt, auf ihre Bettvorleger einschlägt, oder ob es die alte Dame aus der Mansarde ist, die mit leisem Draufklopfen ihren übriggebliebenen Perserteppich streichelt, und wenn ihre Mizzi sich im Hintergarten ans Teppichklopfen macht, erkennt sie am fröhlichen Rhythmus, dass die Mizzi endlich den lang erwarteten Liebesbrief in ihrer Schürzentasche trägt.

Der Teppichklopfer selbst, dieses Werkzeug, ist wunderschön: Die geschälten gelben Weidenruten sind zu einer in Achterschleifen geschlungenen Fläche verwoben worden und gehen über in einen verzwirbelten Schaft, der mit einer silbrigen Metallkappe abschließt. Das Kind könnte es nicht so sagen, jedoch, wenn es den Teppichklopfer einmal im Spiel zur Hand nimmt, ist ihr die einfache Würde des Geräts eindringlich bewusst.

Der »Pracker« hat freilich auch eine zweite respekteinflößende Funktion: »Warte nur, bis der Vater heimkommt, dann kriegst du es mit dem Pracker« ist eine geläufige Redewendung, die ein Bestrafungsritual ankündigt, das bei ihnen zuhause nur selten und dann eher symbolisch angewendet wird. Meist betrifft die angekündigte Maßnahme ihren kleinen Bruder, der der Schlimme von ihnen dreien ist. Dann schieben abends die beiden anderen Kinder dem Kleinen einen zarten Zierpolster zwischen Unter- und Lederhose, und so geschützt tritt er dann vor den eben heimgekommenen Vater, der jetzt gerne seine Ruhe hätte, um sich die Feierabend-Zigarre anzuzünden. Berichterstattung durch die Mutter – der Kleine muss den Pracker aus dem Besenkasten holen – der Vater spricht geistesabwesend einige mahnende Worte – dann muss der Bub dem Vater sein Hinterteil zuwenden und bekommt einige eher symbolische Schläge versetzt – danach sind von seiner Seite Wehlaute fällig, dabei blinzelt er schon den als Zeugen anwesenden beiden Spießgesellen zu. Ende der Vorstellung und der Vater darf endlich seine Zigarre herausholen.

Die «Hiebe mit dem Pracker« sind nicht ehrenrührig, mit dieser Strafe, die übrigens nur über die Buben verhängt zu werden pflegt, kann man nachher vor seinen Mitschülern prahlen. Das ist anders als mit dem »Im-Winkerl-Stehen« oder gar dem »Auf-Holzscheitel-Knien«: darüber verliert man nachher kein Wort zu seinen Freunden.

Dennoch, wenn bei ihnen eine solche Strafe mit dem Pracker vollzogen wurde, sitzen die drei Kinder nachher eine ganze Weile in ihrem Versteck hinter den Himbeerbüschen und sagen kein Wort.

Fensterpolster

Zu jeder anständigen Zimmerausstattung gehören Fensterpolster. Es sind längliche akkurat vierkantige Matratzen, die zwischen Außen- und Innenfenster geschoben werden, um das Eindringen von Zugluft zu verhindern – vorm »Ziehen« haben nämlich alle Angst.

Die Fensterpolster bei ihr Zuhause sind, wie es sich gehört, so fest es nur geht, mit Rosshaar gestopft; sie stecken in schneeweißen Leinenüberzügen als Zeichen einer Mühen nicht scheuenden Ordentlichkeit, und diese Überzüge müssen eben deswegen oft gewechselt werden.

Als sie schon ein Schulmädchen ist, wird dieses Frischüberziehen der Fensterpolster oft auf sie abgeschoben. Sie hasst diese Arbeit, denn es ist ihr fast unmöglich, den starren Polster in seinem Überzug unterzubringen – und danach beginnt erst das Zuknöpfen der viel zu vielen Zwirnknöpfe, die die Weißnäherin dicht an dicht angebracht hat!

Bei manchen ihrer Schulfreundinnen wird die aufwändige Mode der Fensterpolster nachgeahmt, aber bei denen gibt es nur eine Kautschukhülle, die hie und da feucht abgewischt werden sollte – die brauchen nicht so groß tun und uns nachmachen, denkt sie verächtlich und schämt sich schon, weil ihr der Vater einen solchen Satz streng verbieten würde, die können ja nichts dafür, dass sie kein Geld haben, würde er zu ihr sagen.

Nach der Plackerei gehen sie die Fensterpolster nichts mehr an. Ihre Mutter auch nicht, ja nicht einmal die Mizzi, das Mädchen, weil hier keiner auf den Gedanken käme – oder im Fall der Mizzi auf den Gedanken kommen darf –, bei weitgeöffneten Fenstern die Ellenbogen bequem auf den jetzt ihren wahren Zweck erfüllenden Fensterpolster gestützt, sich dem Hinausschauen hinzugeben.

Wenn sie an lauen Abenden oder an einem Sonntagnachmittag auf ihrem Fahrrad eine dem »Gürtel« nahe Straße entlang fährt, sieht sie eine ganze Zeile regungsloser Torsi an den Fenstern lümmeln – meist sind es Frauen, manchmal ist ein Männerkopf daneben und manchmal sitzt eine Katze auf dem Fensterbrett, die schaut aber nicht hinaus.

Worauf alle diese Leute starren, ist für das Mädchen nicht zu erkennen, denn nur wenige Fußgänger beleben das Bild, und hie und da ein Fuhrwerk.

Das ist wie eine nicht zu deutende Bewegung in der

herrschenden Ruhe – vielleicht war es das, diese Sicherheit gewährende Unveränderlichkeit, denkt sie jetzt als Alte, als sie wieder einmal in ihrem Garten sitzt und müßig vor sich hinschaut: nichts, nichts als die Wiese, da ein Vogel, der sich ins Grün fallen lässt und wieder auffliegt, wieder die Wiese und die ziehenden Wolken.

Spucknapf, Zigarrenrauch

Auf Spucknäpfe stößt das Mädchen immer wieder. Sie stehen in Wartezimmern, auf Bahnhöfen, in Geschäftsecken, in Arztordinationen, und über ihnen hängt meist ein Schild, »Freies Ausspucken verboten!«

Der Spucknapf ist eine durchaus männliche Angelegenheit. Das Kind schaut zu, wie die Männer durch heftige Mundbewegungen den Schleim im Mund sammeln und dann das hochgewürgte Zeug mit voller Kraft in den bereit stehenden Napf befördern.

Sie beobachtet mit Grausen und doch fasziniert die unfehlbare Treffsicherheit, die sich diese Spuck-Akrobaten durch langes Üben erworben haben.

Wahrscheinlich haben diese Männer viel auszuspeien, weil soviel geraucht wird – kleine Pfeifen, Tschibuks und langstielige Pfeifen, die Virginia, eine zwei Finger lange, dünne Art von Zigarre, richtige Zigarren, solche, die Trabucco heißen oder Regalia Media und wunderschöne bunte papierene Bauchbinden haben – und manchmal auch Zigaretten. Das Mädchen beobachtet mit Vergnügen, wie das hauchdünne Zigarettenpapier mit spitzen Fingern aus dem Samum-Heftchen gezogen, der Tabak aus der Zigarettendose daraufgestreut, das Papier eingedreht und noch energischer zusammengewuzelt wird, und dann mit einer einzigen raschen Bewegung kommt die Zungenspitze zum Einsatz, der Papierrand wird abgeleckt, zusammengeklebt und fertig!

In dieser Kunst sind auch die eleganten Damen Meisterinnen.

Beim Tee öffnen sie ihre Handtäschchen und greifen nach ihren Tabatièren. Das Mädchen ist immer wieder entzückt über diese Schmuckstücke von Zigarettendosen, auf deren emaillierten Deckeln zarte Rosengirlanden oder Stiefmütterchen leuchten – gerade so wie auf den Puderdöschen.

Nie würden es jedoch die jungen Frauen, ihre Mutter und die beiden Tanten wagen, unter den Augen der Großeltern ihre Tabatièren aus der Tasche zu ziehen, um sich eine »Dames« anzuzünden, wie es ihre Mutter daheim beim Mokka immer tut.

Nach dem wie ein Gesetz eingehaltenen Familienessen am Donnerstagabend sitzen die Frauen in blaue Rauchschwaden gehüllt starr und stumm am abgeräumten Esstisch neben ihren genüsslich Zigarre rauchenden Ehemännern, die vom Geschäft und der Jagd reden.

Die stillen Kinder am unteren Tischende hören von Böcken, die auf achtzig Schritt verfehlt wurden oder gar abgesprungen sind, von guten Schüssen und vielversprechenden Gablern.

Für alle Fälle steht ein eleganter Spucknapf auch hinter der Flügeltür nebenan im »Salon« und bleibt immer unbeachtet – weder Vater noch Onkel käme je auf die Idee, ihn zu benützen; der steht einfach dort, weil es sich so gehört.

Ein solches Utensil wäre ihren Eltern nie ins Haus gekommen – es ist in ihren Augen nicht mehr modern.

Schwarze Witwen

Manchmal, und gar nicht so selten, kommt ihr auf der Straße eine schwarze Gespenstererscheinung entgegen. Eine Frauengestalt, schwarz bis zu den Strümpfen und Schuhen, auf dem schwarz verschleierten Haupt trägt sie eine tiefschwarze Kopfbedeckung. Es ist kein Strähnchen Haar zu sehen und nichts verrät, ob sich unter dem Netzschleier eine junge oder steinalte Frau verbirgt, der Schemen zieht mit gemessen schleichenden Schritten dahin, denn diese so ausgestellte Frau trauert um ihren Mann oder ihr jung verstorbenes Kind.

Auch ihre eigene Mutter hat das Mädchen schon so verwandelt gesehen, als sie gerade ihre Mutter, die fremde Großmutter, begraben hatte – aber zum Glück musste die Mutter sich nur ein halbes Jahr lang in »tiefe Trauer« kleiden, ganz in Schwarz von Kopf bis zu den Zehen, auch der Schmuck musste schwarz sein, alle anderen, goldenen oder gar edelsteinfunkelnden Stücke waren streng verboten, nur Halskette und Broschen aus hochglänzendem schwarzen Jett waren gestattet. Die Mutter hatte auch da ihren eigenen Kopf und legte die zarte Perlenkette nicht ab, die sie zu ihrer Konfirmation bekommen hatte.

Der Vater hatte es leichter. Zu seinen dunklen dreiteiligen Anzügen bekam er nur eine schwarze Krawatte verordnet und die schwarze Armschleife, die auch das Kind an sein Mäntelchen aufgenäht bekam.

Nach dem halben Jahr kleidete sich die Mutter nur noch in Halbtrauer; da trug man, lernte das Kind, noch immer graue oder schwarze Kleidung, aber die traurigen schwarzen Strümpfe durften abgelegt werden – und mit dieser Erleichterung waren auch das lockere Ausschreiten und die freieren Bewegungen wieder zugelassen. Jetzt durfte die Mutter endlich auch wieder laut schimpfen oder vor sich hin summen. Wenn ihr gerade danach war.

Anscheinend haben auch das Trauern und die Traurigkeit ihre strenge Ordnung.

Faschingsmontag

Die schwarzen Straßengespenster der verschleierten Witwen und der bunte Faschingsmontag – das will in der Erinnerung zueinander gleiten. Aber warum?

Am Faschingsmontag sind die großen breitarschigen Zugpferde vor den schweren Wagen geschmückt mit Büscheln von bunten Seidenpapierstreifen, die hängen vom Messinggeschirr und verzieren die Mähnen, die wie die Pferdeschwänze kunstvoll geflochten sind. In der Luft ist eine herzanrührende Erwartung, aber das Mädchen am Autofenster weiß schon, dass nichts darauf folgen wird, die Kutscher sitzen ja auch mit gleichgültigen, verschlafenen Gesichtern auf ihren Böcken; außergewöhnlich ist nur, dass es heute noch Krapfen geben wird, überall warten die braunen, fetten Faschingskrapfen, mit dem die Kunstfertigkeit der Köchin beweisenden weißen Bauchrand. Küchen, Zimmer, Treppenhäuser riechen nach dem Schmalz, in dem die Faschingskrapfen herausgebacken wurden – und das ist alles, die Erwartungen des Mädchens bleiben hängen in der fettgeschwängerten Luft

Vielleicht deuten die Zeichen auf etwas unvorstellbar Festliches hin, rätselt das Mädchen, abseits der Alltage; geheime Sonderfreuden, Bälle etwa? Verkleidungen? Masken? – Aber es bleibt bei den Ahnungen, auch die Eltern und Großeltern, nicht einmal die Mizzi zeigen auch nur Spuren einer nicht zu verhehlenden Erwartung. Papierfransen, Krapfen – und doch alles wie sonst auch.

Piloten einschlagen

Jene Besuche in der kleinen Stadt am Kamp, in Zwettl, verlaufen ruhig, ja eintönig. Ein-, zweimal hatte man sie dorthin zu Onkel und Tante abgeschoben, da war sie vielleicht zehn oder zwölf Jahre alt. Die Eltern waren miteinander verreist, irgendwohin, wo für die Kinder kein Platz war.

Sie war viel allein dort, der Onkel, mit seinem wie ausländischen braunen Lockenkopf und den braunen Augen, war auf seinen Männerwegen und meist unsichtbar, die junge Tante verschollen im kühlen Steinhaus, sie hatte mit ihren kleinen Kindern immer zu tun.

Es herrschte eine angenehme Langeweile, sie ging in den Wald, ging langsam den Fluss entlang, las die Märchenbücher der Tante und sah den Fliegen zu, die am Fenster surrten.

Nur einmal war es anders. Es war ein heißer Sommertag, und als sie am Stadtrand zu jenem Platz kam, wo drüben am anderen Ufer die Fichtenhügel steil aufstiegen, war der Fluss fort, aus seinem Bett verschwunden, und dort, wo er sonst geflossen war, stand eng zusammengeschoben eine Gruppe halbnackter Männer, und über ihnen hing an einem Gerüst, das wie ein Galgen aus ihrem Sagenbuch aussah, etwas wie ein mächtiger schwarzer Block, an Seilen, deren Enden die acht oder zehn Männer in ihren Fäusten hielten.

Dann hörte sie das laute Singen und sah den einen Mann, der allein dort stand, wo sonst das Ufer war. Der mächtige Mann sang mit mächtiger laut hallender Stimme: »Jetzt ham ma uns zum Schlegel g'richt« – und die Männer drüben zogen mit aller Anstrengung an den Seilen: da hob sich der schwarze Block höher und höher und fiel mit einem Dröhnen auf einen Holzpfosten, den es jetzt tiefer in den Boden rammte. Dann eine Pause, und die schwitzenden, keuchenden Männer zogen wieder an den Seilen und hoben das Riesengewicht des Blocks (war er aus Stein oder aus Eisen?) und der Vormann sang. »Der Schlegel hat a sakrisch G'wicht«, und wieder das Donnern und weiter das Lied:

Ho auf und no ans drauf
und wieder ho und runter no
er muss hinein
durch Sand und Stein
durch Stein und Sand
fürs Vaterland.

Und dann ließen die Männer die Hände sinken und rasteten stumm und der Riese von Vormann stand da und war still und der Wald drüben war sehr schwarz und dort, wo sie stand, war es sehr hell und das Bild war gar nicht aus einem Sagenbuch, und wenn sie später an diese Szene dachte, fielen ihr fremdeste Gegenden ein, vielleicht in Russland, vielleicht in einem anderen Erdteil, und sie wusste dann nicht, warum sich diese Szene ihr so tief eingeschrieben hatte.

Der Gips-Beethoven

Die Totenmasken sind überall. Denen von Schubert und Beethoven begegnet das Kind nicht nur über Klavieren, sie prangen auch in finsteren Zinswohnungen, wo von Musiksalons und Klavieren keine Rede sein kann, ihre vergoldeten oder weiß-drohenden Halbhäupter bewachen Ehebetten und Gitterbettchen. Manchmal hat sich der Fabrikant auch Mühe gemacht und die Gipsmasse mit einer das Leben nachahmenden Farbigkeit überzogen. Das ist dem Kind besonders unheimlich, denn dann scheint dieser geschminkte Kopf böse Dämonen zu beherbergen, während die gipsweiße Maske des toten Musikers etwas von unzugänglicher Jenseitigkeit in den kohl- und tabakrauchgeschwängerten Raum bringt.

Es gibt noch eine andere Maske, der das Mädchen nie begegnen kann, ohne von einer unbestimmten Ahnung erfüllt zu werden: Dieses Abbild wiederholt immer von neuem das selig abgewandte Lächeln eines fremden Mädchens, das weggerufen worden war, aber wohin?

Die Mutter sagt, es sei die Maske einer Unbekannten,

die man in Paris aus dem Flusse Seine gefischt habe, deren Name nie erforscht werden konnte.

Bei ihnen daheim hängt keine »Unbekannte« und auch kein Beethoven, auch beim Onkel nicht und nicht im Haus des Großvaters. Darum ist es gut, den Totenmasken anderswo zu begegnen – der des Mädchens mit dem ein Geheimnis bewahrenden Lächeln und der des herrscherlichen Mannes, dessen wie im Schlaf geschlossene Lider die Entschlossenheit der mächtigen Stirn nicht auslöschen können – und den Schauer zu ertragen, den ihr Anblick im Kinde auslöst.

Es ist für sie dann, als ginge der Deckel ihrer engen Schachtel auf und sie wäre draußen – aber wo? Aber wo?

Fliegenfänger

Unter den Tönen, die die Stille über Vineta bestätigen, sind in den warmen Monaten nicht nur die Amsellieder von allen Dächern und Bäumen, sondern auch das Fliegengesumme allgegenwärtig.

Fliegengesumme und -brummen, und ihr heftiges Anklatschen an den Fensterscheiben – wieder und immer wieder: da lernt einer wieder einmal nicht aus seinem Schaden!

Vielleicht sind die Fliegen so allgegenwärtig, weil auch die Tiere überall sind: die schweren Zugpferde in den Ställen, die Hühner in den Vorstadthöfen, die Kaninchen in den Kellern der Arbeiterhäuser und die Tauben am Dachboden.

Die Fliegen werden bekämpft wie Feinde, von denen man doch weiß, dass man ihrer nie Herr werden wird, und die Fliegenfänger finden sich überall. Ihre langen gelben Leimbänder hängen überm Esstisch und in der Küche und über dem Gitterbettchen des Säuglings; so einer ist auch im Schlafzimmer der Eltern über dem Diwan, wo sie sich zu einer langen Mittagsruhe hinlegen muss, weil sie sich nach dem Keuchhusten noch immer nicht erholt hat.

Das Leimband, das mit einem Reißnagel an der Decke befestigt ist, hängt gerade über ihrem Bauch, wohl in der Hoffnung, dass der da Liegende so eher Ruhe hat von den Quälgeistern, die sich sonst gern auf seine Nase setzen und in seinen im Einschlummern geöffneten Mund fliegen könnten. Aber die Rechnung geht nicht auf.

Gebannt sieht sie zu, wie drei, vier Gesellen das gelbe Band umkreisen. Sie soll die Augen zumachen, soll schlafen, aber sie muss zusehen, wie jetzt die eine Fliege in immer engeren Spiralen den Köder umtanzt, in einer jähen Kurve abdreht, als hätte sie ein besseres Ziel entdeckt, und jetzt doch wieder da ist, dem Leimband ganz nah, die eine Flügelspitze streift es – jähe Anstrengung – da klebt schon ein Beinchen fest, die Fliege zappelt verzweifelt, ein zweites Beinchen ist gefangen, und jetzt ist sie mit einer ganzen Körperseite festgeleimt, bald ist dort ein schwarzes Unding, das noch zuckt und noch lange, lange zucken wird, schwächer und schwächer, bis nach einer Ewigkeit keine Bewegung mehr da ist und das, was diese Fliege war, jetzt ein schwarzer Fleck auf dem Fliegenfänger ist, der an manchen Stellen schon dicht gesprenkelt ist mit Leichen.

Sie wird auch heute nicht schlafen – es kommen ja schon die nächsten Opfer angeflogen.

Obwohl es draußen schwül ist, ist ihr jetzt kalt bis in die Zehenspitzen. Als ob sie gerade etwas gelernt hätte, was sie nie lernen wollte.

Spiele

»Ringel Ringel Reia«, das spielen die ganz kleinen Kinder, und im sich langsam drehenden Kreis von dreien oder vieren ist immer ein Großer dabei, nie die Mutter und nie die andere Mutter, Tante Beta, die unter ihnen wohnt, eher ein halbwüchsiges, gelangweiltes Mädchen oder eine junge Tante.

Später, wenn sie fünf Jahre sind oder sechs oder sieben, spielen die Kleinen allein. Dann ist eine kleine Schar von Kindern bei ihnen.

Sie spielen »Ist die schwarze Köchin da«, »nein, nein, nein, dreimal muss ich ummarschieren, das vierte Mal den Kopf verlieren, das fünfte Mal muss sagen: du bist schön und du bist schön und du die Allerschönste«. Es ist peinlich, wenn man als letzte übrigbleibt und dann hören muss: »Ist die schwarze Köchin da, ja, ja, ja!! Da ist sie ja. Pfui, pfui, pfui.« Denn das bedeutet, dass man von allen Kindern das am wenigsten gemochte ist, und man erholt sich nur langsam davon, wenn man dann selber die Reihe der »Erlösten« anführen darf und mit einem Schulterschlag ein Kind nach dem anderen erwählt.

Es gibt das Spiel »Lasst die Räuber durchmarschieren, durch die gold'ne Brücke, sie ist entzwei, sie ist entzwei, wir wollen sie wieder flicken. Womit? Womit? Mit Steindelein, mit Beinelein, das letzte Kind soll unser sein.« Und dann lassen die beiden Fänger ihre in der Luft überkreuzten Arme sinken und haben zwischen ihnen den Gefangenen, den schaukeln sie nun sachte oder wild hin und her und singen dazu: »Kartoffel, Kartoffel, der Himmel ist offen, die Hölle ist zu, ein Engel bist du.« Oder sie singen: »Die Hölle ist offen, der Himmel ist zu, ein Teuferl bist du.« Und befördern den Gefangenen zur Seite der Guten oder der Bösen.

Das ist ein harmloses Spiel – obwohl Hölle und Himmel dabei doch auch ihre schwindlig machende Rolle spielen. Es gibt ein merkwürdiges Spiel, es heißt »Mariechen saß auf einem Stein«. Einmal, im Holzkeller, saß sie auf dem Hackstock, und die anderen umkreisten sie und sangen »Mariechen saß auf einem Stein, einem Stein, und weinte sich die Augen aus, die Augen aus.« Sie saß also da und rieb sich die Augen und tat, als ob sie weinte, die Kinder sangen: »Mariechen, warum weinest du?« Und sie sang zurück: »Ach, weil ich heute sterben muss, sterben muss«, und es ging weiter »Da kam ihr Bruder Karl her, Karl her,« war es ihr Cousin gewesen, der den Bruder Karl spielte und einen Span hob? »Der stach Mariechen in das Herz« – und plötzlich musste sie laut schluchzen und war so traurig, wie sie noch nie gewesen war, und jetzt sangen die Kinder, »da weinten alle bitterlich«, aber sie weinten natürlich nicht, sie taten nur so, und da sprang sie auf und rannte die Kellerstiege hinauf und versteckte sich hinterm Kaninchenstall.

Aber nachher im Garten kommt ein lustiges Spiel: »Gvatter, Gvatter, leih ma d'Scher, wo is leer« – da springen die Kinder in raschem Wechsel von Baum zu Baum und der Fänger muss eines der Kinder zu erhaschen suchen, bevor es das rettende »Leo« des Baumes berührt hat. Da hat sie schon das »Mariechen« vergessen und ist auch wieder dabei.

Nachbarschaften

Wenn das Kind aus dem Garten tritt, hinaus auf die flussbreite Grinzinger Allee, die rechts und links von baumgesäumten Seitenwegen begleitet wird, auf denen jetzt keine Reiter mehr dahinsprengen, sondern die Kinder ihre Reifen treiben, breiten sich auf beiden Seiten weite Flächen von brennnesselbestandenem Brachland und dazwischen verwilderte Obstgärten mit ebenerdigen, in sich zusammensinkenden Häuschen, und das vielfältige Grün der Gemüsefelder drüben. Dazwischen ragt hie und da neu und weiß und steif eine neue Villa wie die ihre in die Höhe.

Wenn das hinter dem Vorhang hervorspähende Kind aus dem Stubenfenster schaut, sieht es hinunter in ein von hohen Holzplanken eingeschlossenes Geviert. Es ist, als läge da drüben ein fremder Erdteil, Afrika?; denn die hochstämmigen, in einem Fiederschopf mündenden Schäfte sehen ein bisschen aus wie die Palmen, die die Krippe von Bethlehem umstehen, oder doch eher wie der Federwisch, mit dem die Mizzi die Möbel abstaubt.

Diese drei oder vier Bäume sind schäbig, der zusammengebackene Lehmboden darunter spricht ebenso von Vernachlässigung wie das halb zusammenfallende, niedere Haus, dessen Mauern von großen Rissen durchzogen sind, und wie die wirr herumliegenden grauen und im Schatten drüben mit Grünalgen und Moos überzogenen Steinbrocken.

Die liegen da, weil der Herr Hahn eigentlich ein Steinmetz ist und Grabsteine machen könnte. Aber das Mädchen hat den Herrn Hahn noch nie an der Arbeit gesehen. Meist lehnt er an einem seiner Steine. Er hält oft eine Bierflasche in der Hand. Er hat ein so böses, ein wuterstarrtes gedunsenes Gesicht, dass das Kind lieber wegschaut.

Die dicke Frau Hahn sieht das Mädchen selten, höchstens dann, wenn sie mit einem großen Emailtopf aus der Haustür tritt und in einem weiten Bogen trübgraues Wasser ausschüttet.

Es gibt dort drüben auch noch das Fräulein Grete, die bewegt sich manchmal mit nackten Füßen in ihren Pantoffeln langsam durch diese Gstätt'n und kehrt dann wieder um, bevor sie noch die Brettertür in der Plankenumzäunung erreicht hat.

Das Fräulein Grete ist sehr dick: unter ihrer fleckigen Kleiderschürze quellen die Wülste von Brüsten und Bauch heraus.

Wenn die Mutter, es geschieht selten, das Fräulein Grete erwähnt, hat sie ihren verächtlichen Zug um den Mund, als wäre da unausgesprochen ein schlimmes Geheimnis.

Die Mizzi ist da deutlicher, aber das Mädchen versteht nicht, was die Mizzi vom Greterl und ihren so genannten Verehrern faselt, und will es auch gar nicht verstehen.

Und als läge diese Nachbarschaft tatsächlich auf einem anderen Kontinent, gibt es auch keinerlei Verbindung hinüber und herüber, und das Kind ist froh über die übermannshohe Holzplanke, über die kaum ein Laut dringt, und ist, das ist viel später und sie schon lange Gymnasiastin, betroffen, als die Mutter einmal wegwerfend fragt, ob sie ihre Mathematikkenntnisse nie auf die Kaninchenfamilie angewandt habe – es müsse ihr doch damals aufgefallen sein, dass die Zahl der umherwuselnden Kaninchenkinder sich immer sprunghaft vermehrt hätte, während doch die Zahl der ausgewachsenen Tiere immer gleich geblieben sei?

Ganz einfach die Lösung: Die Mutter habe damals die überzähligen Hasen dem Herrn Hahn über die Planke geworfen und der sei wohl froh darüber gewesen – so hätten die drüben einmal etwas Ordentliches zu beißen gehabt.

Geschäfte

Drüben auf der anderen Straßenseite duckt sich die Bretterhütte der Frau Moll, die dort Zuckerl verkauft, aber nur die billigen, ihre Auswahl ist sehr klein, jedoch besonders grell, und daneben ist das »Lotto«, auch das ein kleiner Laden, wo Frauen stehen und je nach ihren Träumen im kleinen Lotto Zahlen setzen, es schart sich immer ein Grüppchen von Alten und Jungen um den Ladentisch, wenn das Kind das einkaufende Dienstmädchen auf dessen verstohlenen Umwegen dorthin begleitet. Die Frauen beraten eifrig und müssen immer wieder das zerfledderte Traumbüchl konsultieren.

Kaum hat sie lesen gelernt, hat auch das Mädchen dessen Zauber entdeckt; nicht dass sie sich an irgendwelche Träume erinnern könnte – sie liest einfach in seinem alphabetischen Register, wie sie in ihren Märchenbüchern liest: eine Riesenschlange unter einem Fliederbusch verheißt Darmerkrankung und wird durch die Zahl 11 vertreten, und ein galoppierendes Ross bedeutet einen bejahrten Freier, das ist die Zahl 32.

Sie liest sich von Eintrag zu Eintrag und lässt die wildesten Bilder in sich überpurzelnder Folge aufsteigen. Riesenschlange daheim unter ihrem Fliederbusch und ein Adler auf ihrem Dach. Leider kommen jedoch in diesem Traumbuch weder Feen noch Nixen vor, von denen sie selbst gerne geträumt hätte.

Noch lieber geht das Mädchen zu den beiden Gemüsefrauen nebenan. Die wohnen nebeneinander in zwei gemauerten Baracken; aus der einen tritt eine vierschrötige Kopftuchfrau, die hat immer ein Lächeln aufgesteckt und ist überfreundlich; die andere, ebenso plumpe, ist die Sachliche, wenn die verzogene Holztür sich öffnet und die Gärtnerin mit Messer und Gartenschere heraustritt, glaubt das Mädchen im Dunkel hinter ihr Bewegung und Gemurmel wahrzunehmen. Sie hat jedoch das Großelternpaar und die Kinder der Gartenfrau nur selten zu Gesicht bekommen.

Die Gärtnerin geht mit der jungen Kundin von Beet zu Beet und erntet, was die Gnädige von vis-à-vis bestellt hat, Radieschen frisch aus der Erde gezogen, große Salatköpfe oder Fisolen vom Busch, das Mädchen darf beim Pflücken helfen.

Nachher geht sie eine Weile zwischen den Beeten auf und ab, im Sommer wundert sie sich, wie das Grüne wächst und ins Kraut schießt; und drüben macht sich jetzt die andere, die mit dem verschlagenen Lächelgesicht, zu schaffen. Das Mädchen hat reden hören, dass sich die beiden Gärtnerfamilien nicht riechen können, das ginge schon so seit Großvaterzeiten; vielleicht achtet die Mutter auch deswegen so genau darauf, dass sie ihr Grünzeug abwechselnd von der einen und von der anderen Gärtnerei kauft.

Das Kind mag es nicht, dass beide Frauen so freundlich vertraut tun, als wären sie ihre echten Tanten, und nicht genug davon kriegen, sie Schniberle zu rufen, das ist doch der Name, den sie nur in der Familie trägt – keiner kann sich noch erinnern, wie dieser Name aufgekommen ist. Als sie mit dem Schulgehen beginnt, verbietet sich die Taferlklasslerin auch im Bereich der Familie diesen lächerlichen Rufnamen und hört störrisch so lange nicht mehr auf ihn, bis alle nachgegeben haben.

Die Mutter geht übrigens nie selber zum Gärtner. Vielleicht schickt sich das nicht. Das Fleisch zu kaufen lässt sie sich aber oft nicht nehmen, da steht sie dann lange in der Fleischhauerei und verhandelt mit dem Herrn Hans über Hieferscherzel oder Beiried und lässt sich die Stücke vorlegen und begutachtet, wo das Kind nur rote Fleischklumpen sieht.

Ihr Fleischhauer hat sein Geschäft auf der Sieveringer

Straße. Straße und Wege sind fast menschenleer, nur gelegentlich fährt ein Auto oder ein Pferdefuhrwerk vorbei: so ist es für das Kind leicht, die Straße zu überqueren, sie muss dabei nicht Acht geben.

Das Kind liebt es, dass jeder der nebeneinander liegenden kleinen Läden seine je eigene Note hat, ein jeder ist eine Welt für sich mit den je eigenen Waren, seinem je eigenen Geruch und seinen unterschiedlichen Besitzern: Welt neben Welt, wenn man von einem Laden zum anderen geht, ist es, als wäre man auf einer in vielen Stationen sich immer wieder wandelnden Reise.

Das Brotgeschäft, das schon keinem Bäcker mehr gehört, sondern eine Filiale von »Anker« ist – aber noch schmecken Semmeln und Brot, als wären sie gerade aus dem Backofen gezogen worden. Die Molkerei daneben, wo man Buttersemmeln mit weichem Emmentaler belegt kaufen kann, aber so ein Kauf ist teurer Luxus und nur selten gestattet. Hier gibt es alle Milchprodukte und große Milchbehälter, aus denen den Frauen die Frühstücksmilch in die mitgebrachten Blech- oder Emailkannen gezapft wird. Aber ihre Familie holt sich die Milch aus einer Meierei in einer Seitengasse nur ein paar Schritte um die Ecke. Dort steht zwischen niederen Zinshäusern ein unauffälliges flaches Vorstadthaus, und wenn man langsam vorbeigeht und mit seinen Gedanken noch nicht am Markt am Sonnbergplatz ist, riecht man schon draußen den Stallgeruch; und doch ist das Mädchen jedes Mal wieder erstaunt, wenn es aus der Vorstadtgasse in den gepflasterten Hof und dann in den Kuhstall tritt und urplötzlich »am Land« angekommen ist.

Es gibt den »Kräutler«, der verkauft in seinem finsteren Gewölbe nur Sauerkraut und aus Gläsern anderes in Essig Eingelegtes. Er hat eine Pflaumenfigur und eine blaue Schürze um den Äquator, seine zaundürre Frau, die sich in einen Winkel drückt, bellt er in einer fremden Sprache an, von der die Mutter meint, dass es Slowakisch sei, und seine beiden Kinder sprechen ihn mit »Herr Vater« und »Sie« an – das finden das Mädchen und ihr Bruder urkomisch, aber auch bedrohlich.

Auch der Kräutler scheint von einem unheimlichen Zorn besessen – später ist es der schon lange Erwachsenen, der alten Frau, als sei dieser heimliche Zorn ein Grundton des Lebens in Vineta gewesen, neben oder unter der Heurigengemütlichkeit an lauen fliederduftenden Abenden, und als hätte das Kind, das sie damals war, unbewusst von diesem Zorn nur allzu genau gewusst.

Gassenbuben

Plötzlich sind sie da auf der menschenleeren, von Stille hallenden Straße, ein loser Trupp: Späher auf feindlichem Terrain.

Aufgetaucht aus der Leere, kein anderer Mensch unterwegs. Aber sie will trotzdem ins Zuckerlgeschäft, fest hält sie das Zehn-Groschen-Stück in der Faust, das sie gerade von der Mutter erbettelt hat, sie wird sich trotz der Buben jetzt die neue Film-Bensdorp kaufen.

Mit niedergeschlagenen Augen durchquert sie den Bubenschwarm, sie weiß, was sie sehen würde, wenn sie sich hinzuschauen getraute: wie Säcke die Hosen über den bloßen Füßen, zerschundene Beine, geschorene Köpfe, das ist wegen der Läuse, hat die Mizzi gesagt, ihre weißen, schiefen Gesichter wie ohne Augen.

Aber heute keine erhobene Faust, keine Drohungen und Schimpfwörter, die sie nicht kennt.

Da ist sie schon durch die Tür und im süßen Hafen: hinter der in Glasbehältern gestapelten, vielfältigen Zuckerlpracht in allen Farben sitzt die Frau Dina, dunkel und breit im weißen Arbeitsmantel, und hinter ihr der Franzose, ihr Mann, mit seiner ölig glatten Frisur und dem Oberlippenbärtchen, wenn er den Mund aufmacht, wird er sie vielleicht auf Französisch anreden. Aber er steht nur da und schaut zu, wie sie unter den auf einem Ständer wartenden in Bensdorpblau gewickelten Schokoladentäfelchen lange sucht, ob sie nicht doch die Olga Tschechowa entdeckt, die exotische Schöne, aber sie sieht hinter den durchsichtigen Papierfensterchen nur die aufgeklebten Fotos von der langweiligen Martha Eggerth und dem Willi Forst. Sie wird also auf die Olga Tschechowa noch warten müssen und nimmt halt den Willi Forst.

Sie hat das Draußen ganz vergessen. Jetzt fallen ihr die Gassenbuben wieder ein, vorsichtig tritt sie durch die Geschäftstür, da liegt zum Glück die Straße friedlich leer, die Gassenbuben haben sich wieder dorthin verzogen, wo sie hingehören: in die engen Seitengassen der Krim, dort treiben sich ihre Banden zwischen von Gerümpel überquellenden »Gstätt'n« und Betonmauern herum, holen sich hie und da aus verwilderten Gärten die dürren Äste von verkrüppelten Apfelbäumen als Knüppel; mit Steinen schießen sie auf scheppernde Blechtrommeln, spielen Fußball mit Fetzenlaberln und boxen und stoßen einander, johlen und schreien, bis ihre hageren Mütter die Fenster aufstoßen und laut hinunterschimpfen. Das hat sie manchmal gesehen, wenn sie auf ihrem Fahrrad die ganz nahen grauen Gassen durchquerte, dann fuhr sie schneller und mit abgewandten Augen, als flüchtete sie vor einer Gefahr.

Ostereier

Ostereier unter tiefhängenden Fichtenzweigen. Sie ist wohl noch sehr klein, darum sind die beiden Eier, das leuchtendrote und das starkgrüne, ganz nah vor ihren Augen, ihr Rundsein birgt ein Geheimnis, und hinter ihr sagt jemand, dass jetzt Ostern sei.

Später, da ist sie gerade ein Schulkind, bekommt das Dienstmädchen – war es die Rosa? – ein Osterpäckchen, und sie darf mit in deren Kammer und beim Auspacken zusehen.

Sie weiß nicht mehr, was in dem Päckchen war, doch an das dottergelbe Seidenpapier und an das glänzend violette Seidenband kann sie sich noch genau erinnern und an das Stoff-Sträußchen aus Primeln und Veilchen, das dieses Päckchen schmückte. Die Rosa schenkt ihr Papier und Band und sogar das Sträußchen, selig zieht sie mit diesen Schätzen ab.

Seidenpapier und Band gehen bald verloren, jedoch das Sträußchen aus Primeln und Veilchen hebt sie jahrelang in der Spielzeuglade auf, die ihre Schatzkammer ist, und wenn sie es in die Hand nimmt, trifft sie ein Anhauch von wunderbarster Schönheit, vielleicht so wie die im Himmel, von dem die Klassenschwester spricht.

Die Karwoche über haben sie Ferien, es sind lange, warme Frühlingstage, und die Kinder dürfen endlich wieder in ihren alten Strickjacken herumlaufen.

Von Gründonnerstag an bleiben alle Kirchenglocken stumm, denn auch sie trauern über Golgatha – das ist ein schöner Name und voll süßen Schmerzes.

Und von da an gibt es die Ratschenbuben. Der kleine Trupp kommt auch zu ihnen, im Garten schwingen die vier oder fünf Buben heftig die Ratschen und singen dazu mit heiserer Bubenstimme: »Wir ratschen, wir ratschen den Englischen Gruß, den jeder katholische Christ beten muss. Fallt's nieder, fallt's nieder auf enkere Knie, bet's a Vaterunser und drei Avemarie.«

Wenn so die Aufgabe erfüllt ist, setzen sich die Buben um den weißen Gartentisch und rasten und warten; sie wissen, dass ihnen jetzt die Rosa dicke Wurstbrote bringt, die sie in großen Bissen hinunterschlingen, ihre Ratschen haben sie derweil gegen den Zaun gelehnt.

Sie schaut den Ratschenbuben zu; obwohl das gewöhnliche Buben sind, Sieveringer Hauerkinder, haben sie jetzt durch ihr Amt eine besondere Aura, ihre Ratschen ebenfalls. Das braune Ratschenbrett ist so groß wie eine kleine

Tischplatte, die Stange daran rund und lang wie ein dick geratener Besenstiel, und von jeder Ratsche hängen violette und grüne Seidenbänder lang herunter, Buchssträußchen sind an der Spitze angebracht.

Während die Gäste ihre Brote mampfen und in großen Schlucken Limonade trinken, dürfen die Hauskinder das Ratschen probieren – selbst sie, obwohl sie doch ein Mädchen ist!

Sie nimmt eine der Ratschen, die ist sehr schwer in ihren Händen, und als sie sie nun zu schwingen versucht, reißt sie die Fliehkraft fast um. Aber dann hat sie die Bewegung heraus, jetzt knattert ihre Ratsche dahin, wenn auch nicht im richtigen Takt, sagen die Buben. Sie schwingt die Ratsche und ist von dieser Aufgabe wie erhoben, da rufen die Buben, sie solle leiser ratschen und langsamer, weil sonst die Leute in den Nachbarhäusern konfus würden.

Dann kommen die Ratschenbuben nicht mehr, weil jetzt Ostersonntag ist; dafür läuten an diesem hohen Feiertag wieder die Glocken, sie läuten laut und lang, und sie meint, die Bassstimme der Pummerin vom Stephansdom aus allen anderen Stimmen herauszuhören.

Damit ist Ostern eigentlich vorbei, obwohl sie jetzt gleich im Garten die versteckten Ostereier suchen werden und noch zwei, nein, drei Ferientage auf sie warten.

Krampus und Nikolo

Wie alle Feste in Vineta hat auch der »Nikolo« seine nur ihm eigenen starken Farben, rabenschwarz und brandrot und eingetaucht in Kettenklirren und Gerassel.

Die Kinder fürchten sich noch immer vorm Krampus, obwohl ja das Mädchen und ihr Cousin schon eine ganze Weile in die Volksschule gehen und, wie sie den Großen immer wieder versichern, schon alles wissen.

An einem feuchtkalten Nikolo-Nachmittag drücken sie sich in einer Ecke des Holzplatzes aneinander und flüstern aufgeregt. Sie und der Cousin erklären dem Kleinen, dass der Nikolo und der Krampus, die heute Abend bei ihnen anklopfen würden, verkleidete Erwachsene seien, ja, sie seien sogar sicher, dass der Nikolaus der Onkel Erich sei, sie hätten ihn schon das vorige Mal an seinem verlegenen Räuspern erkannt. Wer der Krampus sei? Das wüssten sie beide nicht genau – vielleicht der Wratschko, der von den Dreien geliebte Chauffeur? – aber der würde sich doch für etwas, das ihnen Angst einjagt, nie hergeben!

Damit ist die Sache geklärt und sie könnten jetzt übergehen zu ihren gewohnten Spielen, etwa mit den Rosenstangen Speer werfen. Aber sie müssen eng beieinander bleiben und einander immer wieder erklären, dass Krampus und Nikolo nicht echt seien – oder kann man dem, was man ganz sicher weiß, doch nicht trauen?

Am Abend ist das Nachtmahl schnell vorbei, noch wortkarger als sonst und beklommen. Dann bleibt nur noch Zuwarten. Die schweren Tritte die Treppe herauf sind wie eine Erlösung, dann das schreckliche Kettenrasseln, und schon geht der Onkel und öffnet die Tür – denn auch die Familie aus dem Parterre ist zu ihnen heraufgekommen und sitzt bei ihren Eltern.

Nachher ist alles nur ein schnelles Flimmern, eine tiefe Stimme dazwischen, irgendwie heilige Worte, sie müssen im Chor ein Gebet aufsagen, dann zieht der schwarze Krampus, der mit den Geißhörnern und dem langen Schwanz, aus seiner Holzbutte ein in goldenes Glanzpapier eingeschlagenes Heft und reicht es dem Nikolo hin, den das Mädchen jetzt erst anzuschauen wagt, mächtig steht er da in seiner gegürteten Kutte und trägt den goldenen Bischofsstab in der behandschuhten Hand. Das Heft wird aufgeschlagen und durch den weißen Rauschebart hindurch werden jetzt jedem der Kinder seine Vergehen aufgezählt, die sich übers Jahr angesammelt haben.

Es sind nicht gar so viele, Frechsein, Naschen, Nicht Lernen und, beim Cousin, schlechte Schulnoten.

Da ist sie erleichtert und die beiden neben ihr wohl auch: denn auch der Nikolaus weiß wie alle Erwachsenen nichts von ihren wahren Sünden – oder tut er nur so?

Sie müssen versprechen, sich zu bessern, das geht sehr schnell, schon zieht der Nikolaus kleine Geschenke aus seiner Butte, ein in rotes Papier eingeschlagenes Buch für die beiden Großen und ein Bilderbuch für den Bruder, der Krampus hält sich, scheußlich aus seinem schwarzen Gesicht schielend, im Hintergrund und klirrt heftig mit seiner Pferdekette.

Dann ist die Erscheinung fort und die Kinder matt und wie gelähmt.

Aber sie erholen sich schnell und holen die Schuhe, die sie selber blank putzen mussten, und stellen sie ins Fenster.

Dabei achten sie darauf, dass sie ihre größten Schuhe, die hohen Winterschnürschuhe, nehmen. Der schlaue Cousin wollte es einmal noch besser machen und tauschte spätabends seine Schuhe gegen die Filzstiefel des Vaters aus, aber das ging schlecht aus: statt der erwarteten doppelten Zuckerl-Ration fand er nur drei staubige Kohlenstücke in dem einen Stiefel, und der andere war überhaupt leer.

Er behauptete zwar später, er hätte im Stiefel ein Goldhaar gefunden und wieder verloren – aber das war geschmettert und ungeschickt dazu, jeder weiß doch, dass alles Goldene zum Christkind gehört und sonst nirgendshin.

Der Eismann

Eigentlich gibt es zwei Eismänner. Der eine ist der, der mit seinem weiß lackierten Handkarren glöckchenläutend die Gassen entlang zieht.

Er muss nicht wie die anderen Straßenverkäufer, wie die Lavendelfrau im Frühsommer singen oder wie der Tandelkramer mit seinem mageren Gaul vor dem vollgeladenen, schiefen Karren laut schreien: »Bodenkram, Kellerkram, alte Flaschen, Fetzen, Kücheng'schirr«. Beim Eismann genügt es, dass die Kinder schon von weitem sein Bimmeln hören; dann rennen sie zur Mutter und betteln um zehn oder zwanzig Groschen; das Taschengeld ist schon wieder lange zerronnen. Wenn sie Glück gehabt haben, laufen sie dem Eismann entgegen, der legt seine beiden Schiebestangen ab, öffnet den Karrendeckel und füllt das rasch schmelzende rosa oder weiße oder vanillegelbe Gefrorene in die Waffelstanitzel oder in die größeren Muscheln.

Der andere Eismann kommt am Donnerstag zu seiner bestimmten Stunde – es geschieht ja alles pünktlich zu seiner Zeit. Man hört durchs Fenster das schwere Pferdegespann, es bleibt stehen, am Gartentor wird kräftig geläutet. Das Dienstmädchen packt den vorbereiteten Kübel und rennt die hochpolierten Parkettstufen des Stiegenhauses hinunter, da steht der Eismann schon im Vorhaus, auf der Schulter, die er mit einem alten Sack geschützt hat, den triefenden Eisblock, der hat auch am Asphalt des Gartenweges seine Tropfspur hinterlassen.

Nun geschieht das Faszinierende, Beängstigende: Auf einmal hält der große Mann einen langen Eisenstichel in der Hand und in der anderen einen schweren Schlegel, er breitet seinen Sack auf den Fliesenboden, den Eisblock wirft er drauf und schlägt mit kräftigen Schlägen den Block in große Brocken, die er mit einem Schwung in den Kübel leert.

Sie steht daneben und bekommt eine Gänsehaut, vage Mordbilder ziehen ihr durch den Kopf, so schaurig sind Meißel und Hammer. Trotzdem ist sie stolz, als sie größer geworden ist und nun das Eishinauftragen zu ihrer Aufgabe wird; nur die Blöcke in den Eisschrank kippen darf sie nicht, vielleicht weil sie noch nicht so hoch reicht.

Der Eismann kommt nicht zu allen. Ihre Familie gehört zu den Privilegierten: der Vater hat vor einem Jahr diesen Eiskasten angeschafft. Das ist ein weißer, mit einer Vordertür festverschlossener Kasten in einer Ecke der Speis, wo in einem eigenen Fach die Eisbrocken jede Woche neu eingefüllt werden müssen. Das Eis schmilzt langsam vor sich hin, das trübe Schmelzwasser tropft als kleines Rinnsal in den rosa Emailtopf, der genau unter dem Abflusshahn stehen muss. Als der kleine Bruder einmal an den Topf gestoßen ist und ihn verschoben hat, hatten sie die Bescherung: In der Früh lag in der Speis und in der Küche der Boden unter einer Wasserschicht und musste von der Mizzi langmächtig aufgewischt werden.

Wahrscheinlich war der Bub wieder einmal an der großen Lade mit Würfelzucker gewesen, die im Speisekasterl über der Mehllade liegt, der Bruder konnte Händevoll Würfelzucker vertilgen, wie Brot, aber ihr Doktor sagte, dieser Hunger nach Süßem sei ganz normal, und sie gewöhnten sich alle an diese Marotte, wie an den Zwang, der den Kleinen trieb, sich immer wieder und immer wieder die Hände zu waschen, wenn er eine Türklinke berührt hatte, weil auch das als normal durchging; so normal wie der Eismann eins und der Eismann zwei und alles andere auch.

Stadtwege

Wenn die Mutter sagt, dass sie sie nachmittags mitnimmt in die Stadt, zieht sie sich gerne so schön an, wie es sich für diesen Anlass gehört: das rote Wollkleid, den Hängermantel, die Spangenschuhe. Auch die Mutter trägt Stadtkleidung: ihr neues Kostüm, die kleingemusterte Seidenbluse, die braune Handtasche aus feinstem, glattestem Leder, dazu den schicken Hut mit dem Federgesteck.

In der Stadt hasten sie durch die engen, vom »Graben« wegführenden Gassen, als könnte die Mutter das nahe Kaufvergnügen kaum erwarten.

Wahrscheinlich werden sie auch heute beim Hieblinger beginnen, dem feinen Fleischhauer in der Habsburgergasse. Schon als sie die wenigen Steinstufen zu seinem Geschäft hinaufgehen, kommt ihnen der Schinkengeruch entgegen, für seinen Prager Beinschinken ist der Hieblinger berühmt. Den kauft die Mutter auch, dazu zehn Deka Salami, fünfzehn Deka Geflügelpastete und mehr von der feinen Extrawurst, die auf der Zunge zergeht wie Zuckerwerk, sodass es fast unheimlich ist, wenn dann der süßliche Fleischgeschmack sich im Mund ausbreitet. Und einige Riesenscheiben von der Mortadella, deren Speck-Einschlüsse hell herleuchten, außerdem sind in dem mächtigen Wurstlaib, von dem der weiß bemantelte Mann auf seiner handkurbelbetriebenen Schneidemaschine nun Scheibe um Scheibe abtrennt, schwarze Gewürzkörner eingebettet, die machen den eigentümlichen Mortadella-Geschmack.

Jetzt ist die Mutter schon ruhiger. Sie schlendert weiter, bleibt manchmal stehen, um eine Auslage genauer zu betrachten, dann ist der Tochter fad.

Aber da ist schon das Seifengeschäft, sie hat sehr gehofft, dass sie dorthin müssen: im Laden türmen sich die Seifen in vielen Arten und Farben, es riecht nach süßer Frische. Sie steht zwischen den Drahtkörben und Glasbehältern und schaut zuerst der Mutter zu, die zwischen den großen runden Stücken kramt, deren flache Form sich beruhigend fest in die Hand schmiegen, fliederfarben, rosa, zitronen- und aprikosengelb, ein sanftes Grün ist auch darunter. Sie hofft, dass die Mutter gerade die nimmt, aber die hält sich an lila und rosa.

Sie darf sich noch umsehen in dieser Seifenwelt, die die Farben einer Gartenwirklichkeit in beständigere hellere Festigkeit verwandelt und sie nachäfft: es gibt da einen

Korb mit Marillen und Äpfeln und Orangen und Zitronen, die so täuschend echt aussehen, dass sie, als sie noch viel kleiner war, der Verkäuferin, die ihr mit freundlichem Gesicht so eine Birne zum Kosten hinhielt, tatsächlich auf den Leim ging und herzhaft zubiss. Die Mutter stand lachend daneben, war aber dann böse, als das Kind das abgebissene Stück ausspuckte und mit den Füßen stampfte und weinte und schrie, eben »ein Theater machte«, weil der Seifengeschmack so scheußlich war und auch nicht verging, als die bestürzte Verkäuferin jetzt mit einem Glas Wasser gelaufen kam, das sie austrinken sollte, da spuckte sie auch das Wasser und vielleicht noch einiges andere, das aus dem Magen aufstieg, auf den polierten Steinboden … Aber das ist lange her und außerdem steht jetzt auch eine andere Verkäuferin hinter den sanftfarbenen Seifenbergen.

Dann müssen sie mit ihren beiden Päckchen den »Graben« entlang gehen und plötzlich ist die schwarze Mächtigkeit des Stephansdomes groß vor ihnen, und die Gasse wird eng und dunkel im Turmschatten – hier geht immer ein starker Wind – schon steigen sie eine steile Steintreppe hinunter und stoßen unten eine Tür auf und stehen in einem winzigen Laden, in dem sie kaum Platz haben – und da sind sie, die schokolade- und vanilleduftenden winzigkleinen Kuchenstückchen, zu denen die Mutter

»Petits fours« sagt, und der kleine Mann dazwischen passt genau zu ihnen.

Sie darf sich gleich ein Stück aussuchen und wählt wie immer einen »Pariser Spitz«, eine schokoladeglasierte kleine Pyramide, unter der dünnen Teighülle eine helle Schokoladecreme, deren Süße breitet sich aus im Mund und durchdringt den Körper bis zu den Zehenspitzen: vielleicht heißt das Seligkeit.

Die Mutter lässt sich Zeit und wählt mit Bedacht: rosa Punschkrapferl, die ebenfalls winzig sind, und flache grün und gelb glasierte Fours, die man mit den Seifen von vorher verwechseln könnte. Sie tastet nach ihrer Manteltasche, darin steckt das Seifenkügelchen, das sie zum Abschied in der Parfümerie bekommen hat.

Hier bekommt sie nichts, was sie in ihre Tasche stecken könnte, aber der lächelnde Konditor packt als Geschenk, nur für sie!, noch einen Pragerspitz dazu. Auf sein Päckchen müssen sie besonders gut Acht geben, sonst kämen sie mit Matsch nach Hause. Das würde dem Kind nichts ausmachen, dann könnte sie den von den Großen verschmähten Mischmasch mit dem Löffel in der Küche wegputzen, dabei vielleicht unterstützt von der Mizzi, die auch eine Süße ist.

Zum Glück sind sie heute vorbeigegangen an jenem

Laden neben dem Fleischergeschäft, das die Mutter, wenn sie es sich richtig gemerkt hat, eine »Dienstmädchen-Agentur« nennt.

Als sie einmal eingetreten sind, war da nichts als ein heller Raum, und auf den die Wände entlang gereihten Stühlen saßen nebeneinander Mädchen und Frauen, die ihnen stumm entgegensahen, manche hatten abgewetzte Handtaschen auf dem Schoß, andere eine Art Einkaufstasche neben sich stehen, die Mutter sagte nachher, das wären die, die extra vom Land gekommen seien, nur für das eine Mal, weil ja die Herfahrt vom Land teuer sei.

Sie ging hinter der Mutter die Reihe entlang, einmal blieb die Mutter stehen und sprach eine junge Frau an, die leise und stockend Antwort gab, die Mutter ging weiter und sie, hinter ihr, schämte sich. Ganz hinten war eine Art Glasverschlag und dahinter eine Frau, die schrieb. Durch ein Fensterchen fragte die Mutter etwas, die andere sagte etwas, die Mutter schüttelte den Kopf, zum Glück drehte sie sich jetzt um und sie gingen wieder hinaus, im Rücken die Blicke der stummen Frauen. Als sie sich nachher auf den Weg zur Straßenbahn machten, war ihre Mutter mürrisch.

Die Schwimmschule

Die Bilder von damals kommen, hell sind sie und ich schaue sie an. Ich schaue hinüber nach Vineta, wo ich damals zuhause war.

Als sie ein kleines Kind war, bestanden die Waldviertler Sommerwochen aus einer Kette goldgelber Sonnentage, an denen sie viele Stunden am Teich ihres Onkels verbrachten. Der jungverheiratete Onkel hatte über dem Abfluss des Teichs ein hölzernes Badehäuschen errichten lassen, dort wurden die Badeutensilien aufbewahrt, und auch das gestreifte lila Badegewand der Großmutter hing dort immer ungebraucht an seinem angestammten Haken.

Ein einziges Mal hat sie ihre Großmutter darin gesehen. Sie saß damals mit der Mutter, die ihren schwarzen Badeanzug anhatte, in dem sie ihrer kleinen Tochter erschreckend nackt vorkam, am Kopfende des Teichs auf der hölzernen Plattform, von der aus die beiden Mägde sonst die Wäsche schwemmten, und nebenan schlief der Babybruder im runden Weidenkorb unter den schattenspendenden Sträuchern. Die Mutter sonnte sich mit geschlossenen Augen und es war sehr still.

Da erschien drüben auf einmal die Großmutter in der Tür des Badehäuschens. Sie hatte ihr Badegewand angezogen, dessen Pumphosen ihr bis zu den halben Waden reichten, seine bauschigen Ärmel gingen ihr bis zu den Handgelenken, auch Badeschuhe aus demselben Stoff hatte sie an, die waren mit Bändern um die Knöchel festgeknotet, und eine lila Bademütze bedeckte turmartig ihren Kopf. Das Kind starrte sprachlos die majestätische Erscheinung an.

Die Großmutter stieg langsam und feierlich die Holztreppe hinab, endlich stand sie bis zum Bauch im dunklen Wasser, machte mit ausgestreckten Armen kleine, kreisende Bewegungen über der Wasserfläche, sie stand da und hatte wie immer ihr angespanntes, beinahe finsteres Gesicht.

Weil das so unheimlich war, wollte sie schnell zur Großmutter hinüberlaufen, den Bann brechen, aber die Mutter hielt sie zurück, als hätte sie etwas Ungehöriges versuchen wollen.

Schließlich wandte sich die Großmutter um und tappte mit kleinen, unsicheren Schritten zurück und wieder die Holztreppe hinauf, während das Wasser in kleinen Bächen aus dem nun eng anliegenden Badegewand troff und über ihre weißen Waden floss. Das Kind wunderte sich, dass eine so mächtige Frau so dünne Beine haben konnte. Dann war die Großmutter im Badehäuschen verschwunden.

Die Mutter zischelte: »Die alte Frau hat nie schwimmen gelernt«, und das Kind beschloss bei sich, es seiner Mutter, die von sich selber sagt, dass sie schwimme wie ein Fisch, mindestens gleichzutun.

Als sie dann eine Volksschülerin war, verbrachte sie ihre Sommerferien nicht mehr am Waldviertler Mühlteich, sondern im Salzkammergut.

Hier war sie durch lange Stunden sich selbst überlassen, deswegen war sie froh, als die Mutter einmal sagte, sie würden jetzt zur Schwimmschule spazieren.

Aber schon als sie in die Schwimmschule traten, wusste sie, dass dies hier ein schrecklicher Ort war. In diesem schwimmenden schwarzen Holzgeviert war die Sonne, die draußen so hell geschienen hatte, wie ausgelöscht. Auf einer Art Floß umgaben schwärzlich modernde niedere Kabinenreihen ein finsteres, tiefschwarzes Wasserloch.

Es war leer hier, keine vorsichtigen Schwimmer zu sehen, die sich statt der weiten Fläche des Mattsees lieber dem geschützten Schwimmbad anvertrauen wollten, nur ein finsterer Mann stand auf der hölzernen Plattform, er hatte kurzes graues Haar und einen schwarzen Schnurrbart, und zwei Buben daneben, die waren größer als sie, mager, und ihre schwarzen Turnhosen gingen ihnen bis über die Knie.

Die Mutter flüsterte, der Bademeister sei Ausbildner beim Militär gewesen, sogar bei den Pionieren, wo auch der Vater im Krieg gedient hatte. Wollte sie sie damit beruhigen?

Jetzt band der Bademeister dem einen Buben einen Strick um den Bauch, und der musste über die Badeleiter ins Wasser steigen, Sprosse um Sprosse. »Noch eine«, schrie der Bademeister, »und noch eine« – bis das schwarze Wasser über dem Kopf des Kindes – oder über ihrem Kopf? – zusammenschwappte, jetzt war dort nichts als schwarzes Wasser, es blubberte leicht. Finsternis – ohne Atem. Dann zog der Bademeister am Strick und der Bub schoss an die Oberfläche, prustend und um sich schlagend.

Die Mutter sagte, das sei die neue Methode, bevor ein Kind schwimmen lerne, müsse es erst die Angst vorm Wasser verlieren.

Sie packte die Hand der Mutter, um sie fortzuziehen, aber die Mutter schüttelte sie ab, sie musste dableiben und zuschauen, wie der Mann nun den anderen Buben an einer Art Angel festband, wie sie es selbst mit den sich windenden Regenwürmern machte, wenn sie in ihrer Badehütte fischen wollte. An der langen Stange wurde der Bub in seinem Gurt jetzt ins Wasser gelassen, er musste flach auf der Oberfläche liegen und nach dem Kommando des Mannes langsame Tempi machen.

Der Mann musste sich gar nicht anstrengen, denn die Stange der Angel war so an einer Stelle des Holzgeländers befestigt, dass er nur wie bei einer Schaukel sein eigenes Ende ein wenig anheben oder senken musste, und der Bub an der Angelschnur tauchte ein wenig tiefer ins Wasser und machte jetzt heftige Bewegungen, um sich oben zu halten – lächelte da der Böse nicht unter seinem Schnurrbart?

Nachher traten die Mutter und der Bademeister in Verhandlung, aber der Mann weigerte sich, so ein kleines mageres Ding richte er nicht ab – dafür wäre auch in ein, zwei Jahren noch Zeit.

Sie gingen wieder nach Hause und den ganzen Weg legte sie vor der Mutter her hüpfend in einer Art Dreivierteltakt zurück, zu singen traute sie sich nicht.

Die Mutter gab nicht auf. Wie sollte sie ihre kleine Tochter zum Segeln mitnehmen, wenn sie nicht seetüchtig war?

Daheim musste sie sich also immer wieder über Bänke oder Sessel legen und Tempi üben, dann nahm die Mutter sie zum See, sie legte sich auf die ausgestreckten Arme dieser neuen strengen Lehrerin und die Mutter zählte: »Eins – und zwei, und eins – und zwei«. Bei »zwei« mussten die Beine mit einem kräftigen Schlag zugeklappt und gleichzeitig die Arme vorgestoßen werden, das ging leicht, aber dass Arm- und Beinbewegungen sonst in einem anderen Zeitmaß abliefen, machte der Anfängerin Schwierigkeiten.

Später hielt die Mutter sie bei den Schwimmübungen im Seichten nur mehr unterm Kinn, damit sie nicht zu viel Wasser schluckte, und dann gar nicht mehr, sie konnte jetzt ein, zwei Tempi allein schwimmen, dann vier und acht und neun, sie hörte zu zählen auf und schwamm vergnügt im seichten Wasser hin und her und war sehr stolz über diesen Erfolg, aber sie weigerte sich, die neue Kunst im Tiefen auszuprobieren – sie hatte das schwarze Wasserloch in der Schwimmschule nicht vergessen.

Die Mutter gab nicht auf: An einem schönen Vormittag ruderte sie hinüber zum Lieblingsbadeplatz, dem Greiner Bankerl, das Kind freute sich.

Dort drüben musste die Mutter ein Brett entdeckt haben, das vielleicht ein Sturm hier angeschwemmt hatte, es war modrig und glitschig, jetzt musste sie sich bäuchlings drauflegen und die Mutter beförderte sie mit einem Stoß hinaus ins tiefe Wasser und kümmerte sich nicht mehr um sie.

Sie lag auf dem schleimigen Brett und schrie. Da schaukelte das Brett unter ihr stärker und sie schrie noch lauter.

Jetzt sieht sie auf einmal Menschen den Hang zum See herunter stürmen, Männer und Frauen mit Sensen und Rechen, die wahrscheinlich gerade heimgehen zum Mittagessen, sie umringen die Mutter und schimpfen laut über die herzlose, dumme Städterin, die ihr Kind ersaufen lasse.

Sie weiß nicht, wie sie wieder ans Ufer gekommen ist. Haben sie die Wellen angetrieben oder hat sie die Mutter geholt? Und mit dem Schwimmunterricht ist es jetzt vorbei.

Im nächsten Jahr gibt es neue Unterrichtsmoden: Sie bekommt einen Korkgürtel umgebunden, mit dem schwimmt sie wohin sie mag, und wenn sie es anschafft, wird ein Korkstück vom Gürtel geknüpft und dann noch eines und noch eines, bis sie nur mehr den Doppelstrick umgegürtet hat und sich mit ihm schwimmend genauso sicher fühlt.

Aber eine Angst aus der Schwimmschule ist ihr geblieben: wenn ihr im Wasser die schwarze Tiefe unter der glänzenden Oberfläche einfällt, muss sie noch immer ganz schnell ans rettende Ufer zurück.

Manchmal kommt noch in der jungen Erwachsenen die Schreiszene am stillen Greiner Bankerl hochgeschossen. Dann ist der alten, neuen Angst auch immer ein Triumphgefühl beigemischt, als hätte sie damals mit ihrem Schreien die allmächtige Mutter besiegt.

Eislaufplatz

Die schweigenden Frauen haben ihre Sonderbereiche jenseits der Welt ihrer Männer, die diese nur in bestimmten Stunden teilen dürfen.

Bei ihrer Mutter ist es nicht die Bridge-Jause, sondern der Eislaufplatz, und weil Bewegung in der frischen Luft gesund ist, müssen ihre beiden Kinder mit.

Es sind damals lange, harte Winter, die das Schlittschuhlaufen über Wochen und Monate möglich machen. Das sind Tage voll unterdrückter Erregung. Alles muss schnell-schnell gehen, das Essen, das Aufgabeschreiben, die Mutter will nichts als fort und unterdrückt mittags vor dem schweigsamen Vater nur mühsam ihre Ungeduld.

Endlich geht es im Eilschritt zum nahen Eislaufplatz, dessen scheppernde Musik ihnen von weitem entgegenschallt. Und jetzt zwischen den Obstbäumen die weiße Eisfläche, die Stufen hinunter in die alte Holzbaracke, die als Garderobe dient.

Es ist heiß hier drinnen, der schwere Eisenofen heizt tüchtig, in der Luft hängt der Geruch von nassen Kleidern.

Die Kinder haben echte Schlittschuhe, hohe, lederne, an denen die Kufen befestigt sind, nicht die abnehmbaren, mit denen sich die meisten der anderen Kinder plagen. Mit einem kleinen Schraubenschlüssel drehen die ihre rostigen Kufen an ihren hohen Schnürschuhen fest.

Und dann ist die Mutter schon weg, der Musik zu, es hilft nichts, sie stehen auf von der niederen Holzbank und stolpern die eisglatten Stufen hinauf und den hölzernen Steg entlang, sie kümmert sich nicht um den kleinen Bruder, der hinterher taumelt, schaut auch nicht nach, wie der aufs Eis kommt. Sie weiß, er macht hier eine jämmerliche Figur. Der Fünfjährige kann ja noch nicht einmal am Eis dahinschleifen und stolpert x-beinig am Rand dahin, wo er das Holzgeländer als Stütze benützen kann.

Sie beginnt mit ihren endlosen Runden, immer im Kreis, aus dem Lautsprecher kommen »Die Rosen aus dem Süden«, sie fährt beinahe im Takt dahin und beobachtet die Tänzer, die sich hinter dem Absperrseil drehen, drehen, ihre Mutter unter ihnen. Sie tanzt wie meist mit dem eleganten Herrn Berger, er in Breeches und bis zum Knie reichenden glänzenden Lederstiefeln, ihre Mutter tanzt, als wäre das ihr Leben.

Runde um Runde. Sie überholt immer wieder den dahintorkelnden kleinen Bruder.

Jetzt kommen die Zwillinge, pausbäckige Teenager, die sie um ihre braunsamtenen Eislaufkleider beneidet und darum, dass sie mittanzen werden, die beiden drehen sich eng verschlungen wie eine Automatenfigur, nicht so losgelassen, wie ihre Mutter.

Schließlich wird ihr unerträglich kalt, der Wind ist auch stärker geworden und fährt ihr durch Wollrock und Strümpfe. Sie drückt sich am Bruder vorbei und schleift den Holzsteg entlang zurück in die warme Baracke und stellt sich ganz nahe zum Ofen, aber nach einer Zeit scheint der keine Wärme mehr zu spenden, obwohl er doch fast glüht, und da kommt schon die Mutter und holt sie zurück auf den Platz. Sie fährt also wieder im Kreis, irgendwann kommt der elegante Herr Berger und zieht sie hinter sich her und zeigt ihr das Bogenfahren, während sich die jetzt partnerlose Mutter um den kleinen Bruder kümmert.

Endlich dürfen sie heimgehen und bekommen heißen Tee am Küchentisch, und dann ist schon Abendessen, die Mutter bebt auch jetzt vor unterdrückter Ungeduld, denn nach dem Essen wird sich der Vater wie jeden Abend an seinen Schreibtisch setzen und die Mutter darf wieder auf den Eislaufplatz und tanzen.

Der Laternenanzünder

Es war schön für das Kind, wenn es an den verdämmernden Herbstabenden im Großelternhaus sein durfte.

Der Großvater war ausgegangen, die Großmutter irgendwo im Haus zugange, leises Klappern kam aus der Küche, das Kind war allein im schon dunklen Speisezimmer. Es stand am Fenster und sah hinaus auf die stille Sieveringerstraße, das Kopfsteinpflaster zwischen Kastanienbäumen, die tagsüber glänzenden Schienen der Tramway, des 39ers, jetzt stumpf. Das Kind stand da und wartete auf den Laternenanzünder, und da kam der kleine Mann auch schon geschlichen. Jetzt lehnt er seine Leiter gegen den Laternenmast vor seinem Fenster, klettert leise und behände hinauf und – klicks – schon brennt die Gaslaterne, während der kleine Mann zur nächsten weiterschleicht. Und dem Kind hinter der Fensterscheibe ist jetzt heimelig und beschützt im milden Schein von draußen, der wie Mondlicht das Dunkel des Raumes leicht macht.

Der »Holzplatz«

Als sie größer sind und aus dem Sandspielen und dem Reifentreiben und noch später dem Diavolo-Spielen herausgewachsen, erobern sich die drei Kinder den Holzplatz. Sie treiben sich überall auf dem weitläufigen Gelände herum: auf dem Zimmererplatz, an dessen Rand die drei riesigen Birnbäume stehen, die herrliche Früchte tragen, in der Maschinenhalle, die ihnen verboten ist, wo die mächtigen Gatter brüllend die Stämme zu rohen Brettern filetieren und Rollwagen unter Donnern und dann Quietschen die Schnittware abtransportieren, oder draußen bei den Holzstößen, die immer umgeschichtet werden müssen, wo alles Material auf die Pferdewagen verladen wird. Sie sind überall, auch in der Schmiede und in der Schlosserei.

Der kleine Bruder ist den beiden älteren Kindern immer auf den Fersen und wird von ihnen geduldet, manchmal ermahnt und manchmal beschützt. Am liebsten hält sich das Mädchen in der Möbeltischlerei auf, wo es nach dem Lärm von Gattern und Kreissägen plötzlich sehr still ist und das Geräusch von Hobeln und Schleifen wie ein sanfter Schleier über den Männern liegt. Es riecht nach Leim; nebenan in der Leimküche, wo der Klebstoff in Töpfen brodelt, stinkt es überstark und ekelerregend.

Manchmal wird hier den Kindern ein Holzstück in eine Werkbank eingespannt und sie dürfen das Hobeln oder Holzschleifen üben, der Tischlermeister bringt ihnen bei, wie der Hobel zu führen ist, nicht zu leicht, nicht zu fest, und in welche Richtung sie die Holzplatte bearbeiten müssen. Wenn dann ihr Vater auf seinen Rundgängen vorbeikommt, schaut er den Kindern schweigend zu.

Das geschäftige Treiben an all diesen Orten wird um sieben Uhr früh ins Leben gerufen durch die kleine Eisenglocke, die über dem Büro-Eingang hängt. Wenn sie am Abend zum letzten Mal klingt, erstirbt wie mit einem Schlag alle Bewegung, obwohl ihr Gebimmel jetzt, da das Firmengelände sich ausgebreitet und sich immer weiter in die umgebenden Obstgärten und Felder eingefressen hat, schon lange nicht mehr gegen all das Stampfen und Kreischen der Maschinen und die Rufe der Arbeiter aufkommt. Die große Stille, die dann plötzlich hereinbricht, ist jedes Mal wie ein Wunder.

Der Großvater hat verkündet, die Glocke, die schon vom ersten Tag an seine ersten drei Männer zur Arbeit und zum Feierabend gerufen hatte, müsse immer bleiben und dürfe ja nicht durch eine der modernen Fabrikssirenen ersetzt werden.

Manchmal darf eines der Kinder den ledernen Glockenstrang ziehen, das Mädchen ebenso wie ein anderes Mal einer der beiden Buben – wer so privilegiert ist, schaut ein wenig hochnäsig drein und hofft, dass viele seiner Arbeiterfreunde ihn bei dieser wichtigen Aufgabe beobachtet haben.

Am Holzplatz haben die Kinder einige besondere Freunde, bei denen sie sich am liebsten aufhalten, und einige, die sie nicht leiden können – vielleicht kommt diese Abneigung daher, dass die drei »Chefkinder« sind. Trotz der verbitterten Schweigsamkeit des weißgesichtigen Mannes mit den tiefen Falten um den Mund besuchen sie immer wieder den Wagner, meistens in seiner Werkstatt, weil er ihnen manchmal kleine Schüsselchen oder Kreisel drechselt. Dann sagen sie »danke« und rennen schnell fort.

Der Wagner ist ein Kommunist. Das Kind, das nicht erklären könnte, was ein Kommunist ist, weiß nur, es ist etwas Besonderes, anders als die anderen Männer am Holzplatz, die Rote und manchmal Schwarze sind; Rote – das heißt Marschieren hinter Trompeten und Trommeln am 1. Mai mit roter Nelke im Knopfloch.

Außer dem Wagner gibt es nur noch zwei Kommunisten unter den Leuten hier: der eine ist der Schneider, der Kutscher des leichten Pferdegespanns. Der hat einen »Rappel«, sagen seine Kollegen. Der Schneider hat dem kleinen Mädchen, das gerade auf seinem braunen Fritzl in den Stall zurückreiten darf, einmal erklärt, dass seinem Vater eigentlich der Kopf abgeschnitten werden müsse, weil der sei ein Kapitalist. Die Zweitklasslerin hatte dieses Wort noch nie gehört, sie merkte sich's aber und fragte aus einem Instinkt heraus die Eltern nicht nach seiner Bedeutung. Erst später begreift die Gymnasiastin, was ein Kapitalist ist, und ist dem Schneider auch dann nicht böse, weil er ja spinnt.

Und dann ist da als dritter noch der Polier Lindner. Er und der Chef, ihr Vater, duzen einander, weil sie einmal als Lehrlinge miteinander gearbeitet haben. Der Lindner, der Kommunist, ist ein besonderer Mann: geachtet von allen, eine ernste Anständigkeit und Charakterfestigkeit ausstrahlend; auch das Kind spürt es. Als ihr der Lindner einmal ein schön gesticktes Schmetterlingsbildchen überreicht, wie es ausgewählten Zigarettenpackungen beiliegt, fühlt sie sich wie geadelt.

Der Lodollo ist ihr besonderer Freund.

Er ist ein Zigeuner, das hat er den Chefkindern oft und

mit Stolz gesagt. Man sieht es ja auch. Er trägt zwar die gleiche Kluft wie die anderen Hilfsarbeiter: eine blaue verwaschene Leinenhose und die Knopfjacke mit den vielen Taschen. Aber er ist braun im Gesicht, hat schwarze Augen und viele schwarze Haare. Und er hat immer seine Lederkappe auf, eine schwarze, die von öliger Patina glänzt.

Der Lodollo kann manches, das die anderen nicht können, beim Abladen des Langholzes springt er von einem der rollenden Baumstämme auf den anderen, fast wie im Zirkus; als die Stadtkinder das auch probieren wollen, verbietet er es ihnen scharf.

Lodollo spricht ein schlechtes, anders klingendes Deutsch, jedoch genug, um sich mit ihnen zu verständigen. Als sie unter einem Holzstoß einen Igel aufstöbern, erzählt er ihnen, dass der einen guten Braten gäbe, und das Kauen von Kirschbaum-Harz haben sie auch von ihm gelernt. Es schmeckt bitter und klebt an den Zähnen, dass man den Mund zunächst kaum mehr aufbringt, aber das Kirschharz soll sehr gut gegen viele Krankheiten sein, sagt der Lodollo.

Und als sie beim morgendlichen Sandwechseln das Türchen des Vogelhauses unvorsichtig öffnet und Hansi, ihr Kanarienvogel, mit einem Flusch entkommt und schon durchs offene Fenster ist und dann am Holzplatz ängstlich über die Bretterstöße flattert und, kaum hat er sich irgendwo niedergelassen, schon wieder auffliegt, wenn ihm einer der hilfsbereiten Arbeiter zu nahe kommt, und sie verzweifelt daneben steht und »Hansi, Hansi« ruft, ja, da geschieht zunächst nichts. Sie muss trotzdem in die Schule, sie sieht und hört nichts und verhaut so die allererste Mathe-Schularbeit ihres Lebens, und als sie mittags heimkommt, flattert der Hansi noch immer über den Holzplatz und alle Fangversuche waren vergeblich, aber jetzt ist es der Lodollo, der sich anschleicht und nur seine Lederkappe blitzschnell vom Kopf reißt und sie durch die Luft in die Bahn des aufschießenden Vogels schleudert, die Kappe landet am Boden und darunter sitzt ganz klein der Hansi, und sie weiß, dass sie das dem Lodollo nie vergessen wird.

Lodollo ist da – und dann von einem Tag auf den anderen verschwunden; das geschieht jedes Jahr so pünktlich wie nach dem Kalender, den er nicht braucht.

Es sind die Wintermonate, die ohne Lodollo vergehen müssen, und einige Frühjahrswochen noch dazu.

Sie hat nie gefragt, wo da der Lodollo hingeht; seine andere Welt, seine eigentliche, geht sie nichts an, das weiß sie genau.

Stambul

Ebenso fremd wie Lodollo, jedoch viel unheimlicher, ist der Nachtwächter, der Stambul.

Oft lauern die Kinder abends vor dem Portierhäuschen, bis der Stambul mit seiner ersten Runde beginnt. Er schnallt sich die Stechuhr um und stapft in seinen hohen Stiefeln durch das nun verlassen liegende Betriebsgelände, treppauf und treppab in die eine Tischlerei und dann in die andere durchs Maschinenhaus, von einem Winkel des weitläufigen Holzplatzes zum anderen, entlegenen, an den Lagerhallen vorbei, zum asphaltierten Platz weit hinten, wo unter alten Ahornbäumen die leeren Wagen und die Paare der Zweiradler, auf die das Langholz geladen wird, nebeneinander warten – die drei Kinder immer hinterher, stumm, denn mit dem Stambul redet man nicht und er richtet niemals ein Wort an sie – sie wissen gar nicht, ob er überhaupt Deutsch kann; er sieht ja auch so fremdländisch aus, wie einer der Bösen aus ihrem Buch von 1000 und einer Nacht mit seinem eiförmigen Glatzkopf, dem dünnen, über die Mundwinkel hängenden Schnurrbart und den schwarzen Schlitzaugen.

Stambul ist von oben bis unten in schwarzes Leder gekleidet, und dazu die glänzend schwarzen engen Stiefel – er schaut zum Fürchten aus und die Kinder gruselt es, während sie ihm auf Schritt und Tritt nachrennen und bei jeder Kontrollstelle stumm zusehen, wie er die in einer schwarzen Lederhülle steckende große, runde Stechuhr zieht und mit dem an der Kontrollstelle angebrachten Stachelstift die Zeit markiert.

Das Mädchen traut dem Stambul alles Böse zu: es würde sie nicht wundern, wenn er eine Waffe zöge, eher ein verstecktes Messer als die Pistole, die er an seinem Ledergurt trägt, und ihr beiläufig den Hals durchschneiden würde, als wäre sie ein Huhn. Und trotzdem zwingt sie etwas, jeden Abend dem Stambul nachzurennen und gleichzeitig das Schreckliche zu erwarten.

Dann erzählt der Vater einmal halb lachend beim Abendessen eine merkwürdige Geschichte: Großvater und Großmutter seien neulich von einem ihrer seltenen gemeinsamen Ausgänge spätabends nach Hause gekommen, und als der Großvater in seinem Schlafzimmer das Licht aufdrehte, hätte er den Stambul vor seinem offenen Kleiderkasten stehen sehen. »Was machen Sie da, Stambul?«, hatte der Großvater gefragt, und da habe der Türke blitzschnell die Pistole gezogen und auf den Großvater gefeuert. Zum Glück sei die Kugel daneben gegangen und in die Zimmerdecke gefahren, dort sähe man jetzt das Einschussloch, und der Großvater hätte befohlen, dieses Loch solle zum Andenken erhalten bleiben.

Nachher ist der Stambul nicht mehr da, die Runden macht jetzt der Petersilka, der klein ist und krummbeinig und sonderbare Pumphosen anhat, anders als die Knickerbocker, die sportliche Herren tragen – und laut auf Tschechisch schimpft, wenn er die Kinder nur von weitem sieht.

Der Wratschko

Von allen um sie herum steht dem Mädchen der Wratschko am allernächsten. Ja, er ist zwar auch der Chauffeur des Vaters und außerdem ein Erwachsener – aber eigentlich ist der Wratschko eben der Wratschko.

Nach Feierabend stehen die drei am Firmentor und warten auf ihn. Endlich fährt das große, schwarze Auto ein, hält, der Vater steigt aus und geht gleich in sein Büro, während der Wratschko langsam der Garage zufährt und dort durchs Tor, das die Kinder schon viel früher für ihn geöffnet haben.

Und jetzt, während der Wratschko sein Auto wäscht und für den nächsten Tag auf Hochglanz bringt, beginnt ihre gemeinsame Zeit, und die dauert lange, weil der Wratschko mit dem Reinigen lange zu tun hat.

Schon während er mit dem Wasserschlauch, den er manchmal auch einem der Kinder überlässt, den Wagen abspritzt und ihn einseift und noch einmal abspritzt, beginnt Wratschko zu erzählen. Die Kinder sitzen auf dem Stoß von Winterreifen und hören zu, während er jetzt eine weiße Paste auf den Lack aufbringt und dann mit einem weißen Tuch verreibt und dann den Lack poliert und mit einem anderen Tuch noch einmal nachpoliert, und jetzt kommen die glänzenden Metallteile dran, der Kühler, die Reifenkappen. Schließlich die Scheiben und Seitenspiegel, diese Arbeiten hindern den Wratschko jedoch nicht am Sprechen, er erzählt den Dreien von den fernen Ländern, die er gesehen hat, von Opiumhöhlen in China, von Kamelritten durch Wüstensand, er muss erst aufhören, als es ans Wageninnere geht, dann verschwindet er im breiten Fond, wo er die Lederpolsterung wischt und poliert und natürlich die Fußmatten ausschüttelt.

Inzwischen sind sie bei den Geschichten, die die Kinder am meisten lieben: der Wratschko berichtet von den neuesten Abenteuern von Max und Bill und Jumbo. Max und Bill sind gar nicht viel älter als die drei und leben frei, ohne hinderliche Familie.

Darum können sie durch die ganze Welt reisen und überall die größten Abenteuer bestehen, gefangene Sultanstöchter befreien, Indianer im Zweikampf besiegen, und wenn es ganz gefährlich und ausweglos scheint, kommt der Jumbo und rettet die beiden.

Jumbo ist nämlich ein Gorilla, aber einer, der sprechen kann und das hellste Hirn von allen hat.

Das Mädchen lauscht atemlos: alles das gibt es also auf dieser Welt!

Später einmal, da war sie schon größer, hatte das Mädchen ihrem Erzähler vielleicht einen zweifelnden Blick zugeworfen, ihm vielleicht auch eine kleine Frage gestellt. Der Wratschko erzählte ruhig weiter.

Aber so etwa zwei Wochen später steckte der Wratschko dem Mädchen einen Brief zu, sein Umschlag trug eine exotische Marke, wie sie noch nie eine gesehen hatte.

Dieser Brief, der an sie adressiert war, und nur an sie! und nicht an die beiden Buben, war tatsächlich von Max und Bill geschrieben, sie grüßten sie herzlich aus dem Dschungel von Sumatra und am Briefrand war ein verwischter Pfotenabdruck, das war wohl der Gruß von Jumbo.

Das Mädchen geht einige Tage lang wie auf Wolken, beschließt jedoch, den Eltern und den Schulfreundinnen vorsichtshalber von diesem großen Ereignis nichts zu erzählen.

Übrigens hat der Wratschko auch eine Verlobte und später eine junge Frau, er sei jetzt verheiratet, erwähnt er, und noch später hat er einen kleinen Buben zuhause, aber darüber wird zwischen ihnen kaum gesprochen.

Sie kommt jetzt auch dahinter, dass Wratschko gar

nicht sein schöner, nur ihm vorbehaltener Taufname ist; wenn der Vater wieder einmal von hinten sagt: »Wratschko, Sie fahren schon wieder zu schnell«, spricht er seinen Fahrer mit dessen Familiennamen an: Vielleicht hält man das mit Chauffeuren so?

Um diese Zeit macht sie noch eine Entdeckung. Als ihr Groschenhefte in die Hand fallen, die sie heißhungrig verschlingt, wird ihr klar, dass der Wratschko seine Abenteuergeschichten von Max, Bill und Jumbo von dort geborgt hatte – aber das macht keinen Unterschied, es waren ja sehr schöne Geschichten gewesen, sie haben ihr Herz weit gemacht und ihre Neugier angestachelt.

Der Wratschko hat auch eine andere Art von Räubergeschichten auf Lager. Dann erzählt er, wie es war, als er selbst ein Kind war. Von einer Mutter, die Waschfrau ist und so ihr »Schüppel« Kinder durchfüttert; von einem Vater ist in diesen Geschichten nie die Rede. Vom Zinshaus in der Reindorfgasse, diesem grauen Riesenblock, in dem es wurlt von Menschen, und das ist ein Glück, denn der strenge Hausherr darf nicht wissen, dass die Mutter so viele Kinder hat, er weiß nur von einem, und der Hausmeister ist noch strenger. Zum Glück hat das Eckhaus zwei Eingänge, und so gelingt es den Buben, unbemerkt bei dem einen oder anderen aus- und einzuschlüpfen, und wenn der Hausmeister einen von ihnen wirklich einmal erwischt, behauptet der eben, er habe nur der Frau Zugbart Schuhe geliefert oder er sei mit einer Botschaft zum Herrn Maier gekommen.

Und dann gibt es unglaubliche Straßenschlachten zwischen den Buben aus der Reindorfgasse und denen aus der anderen Gasse, erzählt der Wratschko, die werden mit Knüppeln und Steinen und manchmal mit Eisenketten ausgetragen, davon darf die müde Mutter ja nichts mitbekommen, auch wenn ihre Buben hinkend und mit Beulen heimkommen.

Für das Mädchen sind das Dschungelromane von anderer Art, bedrohlicher freilich als die exotischen jenseits des Zinshaushorizonts.

Später ist das Mädchen eine Gymnasiastin und die Abendstunden in der Garage hören auf, aber manchmal darf oder muss sie den Vater auf Baustellen begleiten, damit sie eine Zuckerfabrik von innen kennenlernt oder sieht, wie eine Brücke aufgebaut wird, da bleiben oft Minuten oder gar Stunden, die ihr und dem Wratschko gehören.

Jetzt ist sie es, die etwas zu erzählen hat, denn der Wratschko will alles über ihre Schule wissen, besonders der Geographie-Unterricht hat es ihm angetan.

Viel, viel später, das war Jahre nach dem Krieg und der

alt gewordene Wratschko chauffierte noch immer den alt gewordenen Vater und fuhr jetzt recht bedächtig dahin, und sie war, was jetzt selten geschah, mit unterwegs, da kamen sie an der wiederaufgebauten Staatsoper vorbei, die gerade vor der Eröffnung stand; der Vater sagte zu ihr, wie schön das doch sei und welch gutes Zeichen für den neuen Aufschwung, da brauste der Wratschko vorne auf und schrie beinahe, das hätten sich die Großkopferten da oben besser überlegen sollen: »Um diese Millionen hätten sie alle Gemeindebauten in Wien wieder aufbauen können« – und war schon wieder still.

Nachher sagte der Vater beinah anerkennend: »Der Wratschko ist immer ein alter Sozi gewesen«, und sie, die Tochter, schämte sich beinahe, dass sie den Wratschko immer nur als ihren Gefährten und nie als den, der er war, gesehen hatte.

Der Wratschko bleibt gegenwärtig in ihrem Leben, auch als Vineta schon lange untergegangen ist.

Das alte »Du« hatte er ihr schon lange entzogen gehabt, nach ihrem Hochschulabschluss hatte sie ihn gerade noch überreden können, bei der ihre Nähe bestätigenden »Du«-Anrede zu bleiben, jedoch nach ihrer Heirat war damit Schluss, sie wurde vom Wratschko nur als »Frau Doktor« angesprochen und mit distanziertem Respekt behandelt.

Später, als es war, als sei sie als einzige aus der versunkenen Zeit übriggeblieben, lebte der sehr alte vereinsamte Wratschko in einem Pensionistenheim. Dort besuchte sie ihn gerne, freilich nur selten.

Wratschko sprach jetzt oft von seiner toten Frau. In einem seiner letzten Sommer war er überzeugt, dass die eine Biene, die sich jeden Morgen an seinem Fenster einfinde, seine verwandelte Frau sei; er führte mit ihr, die jetzt Bienengestalt angenommen hatte, zärtliche Gespräche, auf die sie mit Fühlerbewegungen antwortete, so sagte der Wratschko, und er war gar nicht sehr traurig, wenn sie nach einer Weile wieder wegflog, zurück in ihr jetziges anderes Leben.

Wenn sie bei ihren Besuchen von den alten Zeiten sprachen, dann holte der Wratschko seine beiden Fotoalben hervor, einige Aufnahmen von seiner Frau, seinem Sohn in der Abfolge der Altersstufen, und dann viele Seiten mit den Fotos der Familie des »Chefs«. So nannte der Wratschko die ihre. Fotos von den vielen Reisen, auf denen er die Eltern nach Italien und Frankreich gefahren hatte, und viele, viele Fotos aus den frühen Jahren, ihr noch hagerer Vater, die elegante, kapriziöse Mutter, die Chef-Kinder. Sie schaut sich dann entgegen als Säugling, als bezopftes Schulkind, als Halbwüchsige. Es sind so viele Fotos, sichtlich stammen sie aus mehreren Händen – und nur die wenigsten von ihnen hatte sie vorher schon gekannt.

Sie sind Wratschkos Schatz, und als sie sich verabschieden muss, bettet der Wratschko die Alben sorgsam auf ihren Ehrenplatz.

Erst durch die Totenparte hatte sie erfahren, dass der Wratschko gestorben war.

Sein Begräbnis war traurig. Auf dem Vorstadt-Friedhof folgten nur drei Menschen dem unbeteiligten Friedhofsdiener, der die Urne trug, zum Grab, wo die Urne mit der Asche des Wratschko sehr rasch ins vorbereitete Loch versenkt wurde, die Hinterbliebenen standen einige Minuten stumm davor, ehe sich jeder von ihnen wieder zum Gehen wandte. Außer ihr war noch ein alter Angestellter gekommen, von dem sie nicht gewusst hatte, dass ihm der Wratschko nahe gestanden hatte, und der inzwischen auch schon ergraute Sohn, der verlegen schien und froh, diesen Friedhof wieder hinter sich lassen zu können. Noch einmal ging ihr auf, wie wenig sie von diesem Wratschko gewusst hatte.

Buben und Mädel

Sie ist als Erstgeborene ihrer Generation privilegiert und wird von Onkeln und Tanten verhätschelt, weil sie einen so süßen Lockenkopf hat, weil sie als winziges Kind schon gehen kann: bei den Mahlzeiten, bei denen sich die Familie im Speisezimmer des Großvaters versammelt, wird das Kleinkind als Gehpüppchen quer über den weißgedeckten Esstisch von einem ausgebreiteten Armpaar zum anderen geschickt, und die Erinnerung, dass sie, weil sie damals so klein war, bei diesen ersten Ausflügen unter der tiefhängenden monumentalen Ringstraßenlampe durchlaufen konnte – »So winzig, so süß bist du damals gewesen« –, wird der längst Erwachsenen noch nach Jahrzehnten aufgetischt.

Und eine eigene Sprache habe sie erfunden, die bald alle verstanden hätten. Um die Zeit, als sie als Schulmädchen den Kosenamen abzustreifen beginnt, begreift sie auch den Unterschied zwischen Buben und Mädchen. Obwohl sie selber nicht weiß, warum sie so demonstrativ wehklagt und heult, wenn in ihrer Familie schon wieder ein Bub auf die Welt gekommen ist; sie bleibt nämlich lange das einzige Mädchen in einer Schar von Söhnen, die den Onkeln von den Tanten – deren Meinung nach – geschenkt werden, als ob ihr da Konkurrenten oder gar Feinde nachwüchsen.

Es wird noch lange dauern, bis sie die auf Geschäftserhaltung ausgerichtete Familienordnung zu durchschauen beginnt, die nur männlichen Nachkommen den Eintritt in die Firma gestattet – oder ihn erzwingt.

Eigentlich hat sie es als Mädchen ja besser: Sie wird nicht so streng bestraft wie ihre Cousins und ihr kleiner Bruder und weniger scharf überwacht – ja, im Grunde kann sie tun und lassen, was sie will, so lange sie nicht die haargenau gezogenen Anstandsgrenzen zu übertreten scheint.

Bei ihren Spielen ist sie die wildeste; wenn sie mit ihren Holzspeeren werfen, ist sie es, die als letzte den Sperrholzschild zur Abwehr des Stabes hebt, und wenn sie Husarenkampf spielen und mit den Paradesäbeln ihrer Väter, die noch aus deren k. und k. Offizierszeit übriggeblieben sind, sich im Treppenhaus Scheingefechte die Stufen auf und ab liefern, schlägt sie die beiden Buben in die Flucht, und das muss auch so sein, weiß sie. Warum, das begreift sie später dunkel, da ist sie wohl fünfzehn und der kleine Bruder zwölf. Da besiegt er die große Schwester zum ersten Mal in einem jähzornigen Ringkampf, wirft sie auf den spiegelblanken Parkettboden des Treppenabsatzes und schreit: »Sieg! Sieg!« – und da wissen sie beide, dass nun auch in ihrer Kinderwelt die allgemeine Ordnung Gültigkeit gewonnen hat und Mädchen auf den zweiten Rang gehören – darüber ist weiter kein Wort zu verlieren.

Später, wenn die drei Heranwachsenden in den Sommerferien im Betrieb mitarbeiten dürfen, den ganzen Tag lang Holzstöße umschlichten oder die Rosenstäbe und Obstbaumspitzen nach Länge und Stärke einordnen oder mit der Zange Nägel aus den hölzernen Betonschalungen ziehen, bekommen die beiden genau wie die anderen Arbeiter am Samstag Mittag ein Lohnsackerl ausgehändigt, in dem sie einige Schillinge finden; sie selbst aber bekommt keins, weil sie ein Mädchen ist und der Holzplatz den Männern gehört, sie zetert über diese Ungerechtigkeit, aber es hilft nichts, so arbeitet sie eben gratis und hat nur die Anerkennung der Arbeiter, die anscheinend keine Unterschiede machen – aber ganz sicher ist sie sich da nicht.

Sprichwörter

Sparst du in der Zeit, so hast du in der Not.

Wer den Groschen nicht ehrt, ist den Schilling nicht wert.

Man soll den Tag nicht vor dem Abend loben.

Glück und Glas, wie leicht bricht das.

Was Hänschen nicht lernt, lernt Hans nimmermehr.

Wer nicht hören will, muss fühlen.

Du sollst arbeiten, bis dir die Schwarten krachen.

Lügen haben kurze Beine.

Wer einmal lügt, dem glaubt man nicht, und wenn er auch die Wahrheit spricht.

Wer den Schaden hat, braucht für den Spott nicht zu sorgen.

Mädchen, die pfeifen, und Hühnern, die krähen, soll man beizeiten die Hälse umdrehen.

Selber essen macht fett.

Wer das Kleine nicht ehrt, ist das Große nicht wert.

Bescheidenheit ist eine Zier, doch weiter kommt man ohne ihr.

Morgenstund hat Gold im Mund.

Wärst ned auffi g'stieg'n, wärst ned obi g'fall'n.

Plakate, Inserate

Wenn dem Kind langweilig ist, blättert es in den Zeitungen, die es gerade findet: auf dem Zeitungsständer im Herrenzimmer oder in der Küche, in der Holzablage unter dem Wasserschiff des Herdes, wo sie zum Einheizen gestapelt werden. Das Kind besieht sich die grobkörnigen grauen Fotos und rätselt über die Sätze darunter, die Zeitungstexte interessieren sie nicht, aber die kleinformatigen Anzeigen schaut sie gerne an und es macht ihr ein behagliches Gefühl, dass sie viele wieder erkennt, weil sie schon vor einer Woche oder vor einem Monat oder vor einem Jahr ganz genau so da standen.

Manche der Anzeigen mag sie, wie die, auf der immer derselbe Malerlehrling auf einer noch feucht glänzenden Treppe ausrutscht und, Farbtopf und Pinsel noch in der Hand, über die Stufen hinunter fällt. Den Spruch, der darunter steht, kann sie auswendig, auch noch nach Jahrzehnten drängt er sich peinlich auf, im Schallplattengeschäft, in einer Besprechung ist er da und will, den anderen unhörbar, aufgesagt werden.

»Jedermann zum Streichen nimmt,
Lacke von O. Fritze,
denn bei Lacken steht bestimmt,
Fritze an der Spitze.«

Das andere eindrückliche Bild, das als kleines Plakat oder Zeitungsannonce einen geradezu verfolgt – seine Botschaft ist eindeutig: Als Silhouette ist ein Mann in Nachthemd, Zipfelhaube und Pantoffeln unterwegs von rechts nach links, er geht sichtlich auf das stille Örtchen und trägt eine Kerze vor sich her.

Der Spruch dazu war kurz und bündig:

»Nimm Darmol, du fühlst dich wohl.«

Es gibt auch ein Plakat, das immer im Herbst auftaucht. In schwarzen Druckbuchstaben steht da auf weißem Grund:

»Worauf freut sich der Wiener, wenn er vom Urlaub kommt?
Aufs Wiener Hochquellwasser und aufs Ankerbrot.«

»Jawohl«, sagt die Elfjährige und freut sich schon auf den nächsten September, wenn sie das gleiche Plakat lesen wird.

Und manchmal spielzeugkleine Flugzeuge, die in lang gezogenen Schleifen groß und weiß in den Himmel schreiben, dass man es nie mehr vergessen kann:

»O – D – O – L.«

Erstkommunion

In der zweiten Volksschulklasse wird die Schar der Sieben- und Achtjährigen zur Erstkommunion geführt.

Schon im Advent werden deshalb die Mädchen von der Klassenschwester zum besonderen Bravsein angehalten. An jedem Morgen tritt eines der Mädchen nach dem anderen zum Katheder vor, und wenn es gestern ein Opfer gebracht hat – auf Schokolade verzichtet, einen Streit vermieden, das Abendgebet gesprochen, obwohl es schon sehr schläfrig war –, darf das Kind jetzt für jedes dieser Opfer einen Strohhalm aus einer Zigarrenschachtel nehmen und in die danebenstehende Holzkrippe legen, je mehr Strohhalme, umso weicher wird das Jesulein schlafen, wenn es zu Weihnachten dort hinein gebettet wird ... Strengt euch also an! Die Schwester steht neben dem Katheder und sieht ihren Mädchen wohlgefällig und genau zu.

Jetzt ist sie an der Reihe, sie legt gleichgültig zwei oder drei Strohhalme in den Holztrog, die Schwester schaut zufrieden, und das Kind ist böse auf sich, weil es schon wieder gelogen hat: Es hat nicht auf Schokolade verzichtet, und gestritten hat es außerdem.

Sie haben jetzt oft Religionsstunde, die hält manchmal ein langer, furchtbar hässlicher Pater. In seinem weißen und braunen Gewand steht er vor ihnen und erzählt säuselnd etwas sehr Frommes.

Einmal, als sie an Schwester und Pater vorbei aus der Klasse gehen will, hält sie die Schwester auf, alle anderen dürfen hinaus, zum Schluss bleibt sie allein mit der Schwester und dem Pater im Klassenzimmer, da zieht der Pater einen unglaublich großen, glänzenden Apfel aus seiner Kutte, der Apfel ist rot und gelb, den reicht er ihr feierlich, sie nimmt den Apfel und will weglaufen, aber sie traut sich nicht, stocksteif steht sie vor dem Paar, die machen beide ein zärtliches Gesicht, als wären sie ihre lieben Eltern, und lächeln verzückt, da dreht sie sich um und rennt davon. Draußen versteckt sie den übergroßen Apfel in der Schultasche und dann daheim im Nachtkästchen des Vaters, weil da keiner hineinschaut. An allen Nachmittagen macht sie die Kästchentür auf und schaut den Apfel an, ohne ihn zu berühren, dann ist der Apfel weg, und abends sagt die Mutter beiläufig, sie habe den Apfel weggeworfen, er sei schon faul gewesen, und es sei schade um ein so schönes Stück Obst.

In allen Schulstunden werden die Zweitklassler jetzt auf ihre Erste Beichte vorbereitet. Sie hören von allen Arten von Sünden, die sie leichtsinnig begehen könnten, die lässlichen Sünden und die schweren Sünden und die Todsünden, bei denen verharrt die Schwester am längsten, und da wieder beim sechsten Gebot, wo es um Unkeuschheit geht. Die Schwester redet in dunklen Andeutungen, zu denen wohl jedes der Kinder, wie sie selbst auch, verwehende Ahnungen im Kopf hat, sie alle starren auf die zerschabten Holzpulte vor ihren Augen und fragen sich, ob sie schon eine solche Todsünde begangen hätten in Gedanken, Worten und Werken.

Die zuhause nehmen diese fieberhaften Vorbereitungen auf die Erste Beichte und die Erstkommunion kaum zur Kenntnis. Die protestantische Mutter, die also eine Ketzerin ist, schimpft nur vor sich hin, weil sie zwar weiß, wo sie das Kommunionskleid und den weißen Schleier kaufen wird und weiße Schuhe und lange weiße Strümpfe und weiße Handschuhe dazu – aber wo in Gottes Namen soll sie den weißen Kunstblumenkranz und die Kommunionskerze auftreiben? Der Mutter ist es auch nicht recht, dass sie jetzt an jedem Sonntagmorgen zur Messe in die Klosterkirche gehen soll, das störe die Familienordnung. Aber sie geht trotzdem, obwohl sie diese Kirche nicht ausstehen kann, die hinten finster ist und auf der Altarwand Bilder in Babyrosa und hellem Babyblau hat und irgendwelche schemenhafte Figuren, die keine richtigen Menschen sind und, so findet sie, auch keine wunderbaren Himmelserscheinungen.

Mutter und Klassenschwester führen einen Kleinkrieg, seit die Mutter sie im kurzen Hängerchen in die Schule geschickt hatte, da hilft auch die lange dunkle Schulschürze nicht, die sie in der Schule darübertragen müssen – die Schwester hebt den Schürzensaum und kontrolliert die Länge des Kleides darunter und sagt, dass es ja unkeusch sei, wie sie herumrenne, und beinahe schon eine Sünde. Das Kind beschließt, dieses Vergehen lieber nicht in der Beichte zu erwähnen, sondern sich genau an die üblichen Kindersünden zu halten, wie sie in ihrem »Ersten Gebetbuch« aufgezählt sind. Sie wird die wahrscheinlichsten auswendig lernen.

Und dann ist es soweit. Ihre Klassenschwester rennt aufgeregt durch die Kirchengänge, nein, alle Schwestern flattern hin und her, weil heute für alle Schulbeichte ist, da ist es schwierig, Ordnung in die wirbelnde Mädchenmasse zu bekommen. In der Klasse hat Schwester Lucia zweimal, nein, dreimal die Anordnung der Beichtstühle im Kirchenraum erklärt, und welcher geistliche Herr in welchem Beichtstuhl Platz nehmen werde, sie beschließt, zu einem der klosterfremden Priester zu gehen und ganz sicher nicht zum süßen Pater mit dem Pferdegesicht.

Jedoch, das Gleiche haben sich die meisten anderen auch vorgenommen, sie drängen sich in den Bankreihen vor manchen der angsteinflößenden Beichtstuhl-Kästen.

Die Schwestern werden noch aufgeregter, als sie sehen, welche Unordnung droht. Schwester Lucia rennt herbei und zerrt einige von ihnen hinüber zu den leeren Bänken vor dem Beichtstuhl mit dem Katecheten darin – und sie ist darunter. Es war doch anders versprochen! Das ist Verrat!

Sie sitzt steif und aufrecht in der Bank, wenn sie sich so gerade hält, kann sie vielleicht ihre Angst besser beherrschen. Die Reihe der Mädchen vor ihr wird kürzer und kürzer, sie sieht zu, wie das Kind vor ihr, sehr weiß im Gesicht, sich vor das noch geschlossene Türchen auf der einen Seite des Beichtstuhls hinkniet und wartet, bis dann das Türchen aufgeht. Sie hört sie hastig flüstern, dann ein Gebrumme aus dem Kasteninneren, und die gerade begnadigte bleiche Sünderin steht auf, mit niedergeschlagenen Augen, wie sie es oft geübt haben, sucht sich einen Platz in den sich immer mehr leerenden Kirchenbänken, schlägt die Hände vors Gesicht, auch das haben sie so geübt, und beginnt leise ihre Bußgebete herunterzusagen.

Jetzt ist auf einmal sie an der Reihe, und dann geht alles sehr rasch vorbei: hinknien, Türchen auf, Schuldbekenntnis mit Lügen und Naschen und zweimal nicht in der Sonntagsmesse, den Ungehorsam vergisst sie, da muss der Katechet erst nachfragen, einige eilige Sätze, die sie schon nicht mehr verstehen kann oder mag, und schon wieder draußen und jetzt das Vaterunser und die drei Gegrüßetseist-du, und eigentlich war es gar nicht das Besondere, Andere, das sie so gefürchtet und vielleicht erhofft hatte. Nachher bleibt eine fahle Gewissheit, eine fühllose, als hätte sie gerade etwas aufgegeben oder verloren.

Der Tag der Erstkommunion liegt vor ihr wie der Tag einer Urteilsvollstreckung – in seiner Unabwendbarkeit nur zu ertragen, indem sich einer fühllos macht. Jetzt ist er da.

Am Morgen lässt sie sich einkleiden, das weiße Kommunionskleid hängt an ihr wie an einer Kleiderpuppe, jetzt die weißen Spangenschuhe über die weißen Strümpfe, der weiße, steife Schleier und schließlich der Kranz.

Den Befürchtungen der Mutter entgegen war es ganz leicht gewesen, ihn zu besorgen: sie mussten nur ins Zubehörgeschäft in der anderen Straße, wo sie sonst Druckknöpfe und Zwirn besorgen, und da hingen je zwanzig oder dreißig gleicher weißer Stoffkränze an einem Eisenhaken – sie hatte sich doch bis zuletzt einen aus zartgeflochtenen Margeriten vorgestellt!

Im Hochamt sitzt sie zusammen mit den anderen Weißverkleideten in der ersten Bankreihe, ihr ist schlecht, weil sie noch nüchtern ist, selbst vorher beim Zähneputzen hat sie aufgepasst, um keinen einzigen Tropfen Wasser zu schlucken. Jetzt sitzt sie da, die Messe wird auch nach der langen Predigt, von der sie kein Wort verstanden hat, noch sehr lange dauern, sie singen gerade »Jesus, Jesus komm zu mir, ach, wie sehn ich mich nach dir«, dieses einschmeichelnde, falsch klingende Lied, das bedeutet, dass jetzt gleich der Augenblick gekommen ist, sie erhebt sich mit den anderen Mädchen und tritt vor zum Kommunionsgitter, ganz nah vor ihr ist die Altarwand mit den hellrosa und himmelblauen Erlösten und Heiligen, da weiß sie mit einem Schlag, was sie schon lange wusste, aber jetzt kann sie es sagen, und der Satz ist: Ich glaube kein Wort von dem, was sie mir erzählt haben.

Und jetzt weiß sie, dass sie verdammt ist, weil sie es nicht glaubt. Das ist die Sünde, von der selbst die geschwätzige Religionsschwester nur leise mit zusammengepressten Lippen spricht, es ist die Sünde wider den Heiligen Geist, wo einer sagt »Ich glaube dir nicht, weil ich dir nicht glauben will« – und für diese Sünde gibt es keine Vergebung.

Aber das hier geht sie ja gar nichts an. Sie wird sich also einfach tot stellen und denen etwas vorlügen, das Sichverstellen hat sie ja inzwischen schon gelernt.

Jetzt kniet sie an der Kommunionsbank, der Priester ist schon ganz nah. Sie öffnet den Mund und streckt die Zunge heraus, aber nur ein wenig, gerade so, wie sie es vorher hundert Mal geprobt haben, sie spürt das Himmelsbrot auf der Zunge und schließt wieder den Mund, sie dreht sich um und geht mit gesenktem Blick und mit leicht geneigtem Kopf zurück auf ihren Platz, genauso haben sie's geübt, sie kniet sich hin und muss jetzt Acht geben, dass sie die Hostie nicht kaut, »denn das würde dem lieben Jesulein wehtun« – und das möchte sie wirklich nicht.

Geheimnisse

Kinder haben ihre Geheimnisse. Solche, die ihren Eltern gleichgültig sind, wie die geheimen Botschaften, die sie und ihr Cousin Walter austauschen. Es sind in Morse-Schrift mühselig zusammengestoppelte Wörter, die sie in kunstvoll gefalteten Zetteln hinter einem Bilderrahmen im Treppenhaus verstecken, wenn sie sich unbeobachtet glauben.

Die Briefe ihres Vetters sind schwer zu entziffern, nicht so sehr wegen der Morse-Buchstaben, die sie einen nach dem anderen aus dem in einer Kinderzeitschrift abgedruckten Alphabet zusammenklauben muss, sondern wegen der eigenwilligen Rechtschreibung von Walter, der doch schon in die dritte Volksschulklasse geht.

In den Briefen steht meist nur, wen sie gerade für blöd halten, aber auch das könnte ja die Mutter interessieren, wenn gerade einmal kein Schulfreund, sondern sie selbst gemeint ist.

Vielleicht gehören auch ihre geheimen Doktorspiele zu diesen geduldeten Geheimnissen – die Kinder wissen das nicht, weil über dieses Thema noch nie mit ihnen gesprochen wurde – doch fühlen die sich sehr verboten an, wenn man gerade dabei ist.

Und dann gibt es die anderen Geheimnisse, die der Großen. So wie das von ihrem Hasenschwanz.

Da war eines der Ahnen-Kaninchen, der schwarz-weiße Hansi, plötzlich tot in seinem Stall gelegen. Er wurde in eine sehr große Schachtel gelegt, und weil er so mächtig war, mussten sie für sein Grab zwischen den Wurzeln des Nussbaumes sehr viel Erde ausheben.

Bevor der Hansi in den mit Seidenpapier gefütterten Schachtelsarg gebettet wurde, hatte ihm das Mädchen mit der scharfen Gartenschere heimlich und schnell seinen Stummelschwanz abgezwickt – den hob sie als Reliquie in ihrer Spielzeuglade in der Bauernstube auf; dort lag er in ein braunes Tuch gewickelt zwischen ihren anderen Schätzen, den alten silbernen Ballspenden ihrer Mutter, den kleinen Döschen und winzigen Notizblöcken zwischen Silberdeckelchen, die die Mutter einmal ausgemustert hatte, zwischen bunt gesprenkelten Glasperlen aus Venedig und einem Miniatur-Kartenspiel und anderem Wichtigen.

Ihr kleiner Bruder hatte eine ähnliche Spielzeuglade in der Kommode, und so sehr sie auch miteinander stritten und später rauften, war es doch ein unverbrüchliches Gesetz, dass keiner die Spielzeuglade des anderen öffnete und hineinschaute.

Doch als das Kind einmal wie sonst auch in einer ruhigen Stunde nach seinem Hansi-Schwanz suchte, diesem weichen Pinsel, der ihr so zart über Wangen und Arme strich, lag das kleine Taschentuch schön zusammengefaltet unter dem Säckchen mit den Glasperlen – aber der Hasenschwanz war daraus verschwunden.

Sie konnte es nicht glauben und hob eine Reliquie nach der anderen heraus, endlich rannte sie zur Mutter und schrie sie an, wo ihr Schwanz sei. Die Mutter sah nicht einmal auf von ihrer Ajour-Stickerei und sagte so nebenher, man dürfe ein so unappetitliches Zeug nicht aufheben, das sei unhygienisch, und zog weiter ihren weißen Faden durch den weißen Batiststoff. Es schien wieder, als würden die Großen manche ihrer Kindergeheimnisse nicht achten.

Man kennt sich oft nicht aus mit den anderen, den Großen, und das ist dann ärger als eine Strafe.

Denn es gibt ja auch die anderen Geheimnisse, die nur den Großen gehören.

Als sie wieder einmal allein zuhause ist und die Stunden sich dehnen, macht sie sich an den Schreibtisch des

Vaters – die Sache mit der Perle in ihrem Puppenwagen ist nur noch als verschwommener Schatten da. Im Schreibtischfach reichen ihre Arme jetzt weiter nach hinten als noch vor wenigen Monaten – so findet sie an der Rückwand zwei Bücher, die sie früher noch nicht entdeckt hat. Das Gedruckte ist kaum zu verstehen, aber die Bilder sind deutlich, einander immer ähnlich. Ein Mann und eine Frau in verschiedenen akrobatischen Verschlingungen.

Sie begreift sofort, dass die Bilder mit dem Geheimnis der Großen zu tun haben. Über dieses Geheimnis will sie nichts wissen, also schiebt sie die beiden Broschüren wieder zurück an ihren Platz.

Das Geheimnis der Großen, es ist nicht greifbar, aber es lauert an vielen Orten.

Manchmal steht in einer Ecke des Dachbodens ein Kübel mit einer blutigen Brühe – beschmutzte Lappen schwimmen darin. Weil es so grauslich ist, sieht sie rasch weg und will vergessen. Auch der Cousin und der kleine Bruder, aber der ist ja noch dumm, müssen den ekelhaften Kübel kennen, der da ist und dann nicht da und dann wieder da, aber vielleicht vergessen sie ihn so, wie sie es auch versucht.

Und damals, als sie wochenlang bei den Großeltern wohnte, weil daheim die Mutter den scharlachkranken

Bruder pflegte und sie nicht zuhause wohnen konnte, wegen der Ansteckungsgefahr, war sie einmal in der Nacht vom Wimmern der Großmutter aufgewacht, hatte dann leise Schreie gehört – es kam aus dem Schlafzimmer der Großeltern! –, schon wollte sie aufspringen und nachschauen, da hörte sie den Großvater keuchen und dann stöhnen, und obwohl sie sich nicht ausmalen konnte, was dort drinnen geschah, wusste sie, dass es schon wieder das Geheimnis war. Sie blieb also liegen und zog sich das Plumeau über die Ohren.

Es muss auch um diese Zeit gewesen sein, da zog sie die Mutter zu sich auf den Schlafzimmerdiwan. Das war schon verdächtig, weil ungewohnt. Und die Mutter war verlegen, das war sie sonst nie. Sie flüsterte, sie habe mit der Schwester Magdalena gesprochen, das war ihre Volksschullehrerin, die mollige lustige Schwester mit den roten Backen mochte auch ihre Mutter, die sonst stolz war, eine aufgeklärte Protestantin zu sein.

Dann begann die Mutter stotternd etwas zu erklären, was bei Blumen und Bienen anfing. Dann hörte sie gar nicht mehr zu, und als es unerträglich wurde, sagte sie mit ihrer kindlichsten Stimme, sie wisse schon lange, dass nicht der Storch die Wickelkinder bringe, die würden nachts vom Eismann ins Haus geliefert, deswegen seien sie so quengelig, weil ihnen kalt gewesen sei zwischen all den Eisblöcken.

Die Mutter gibt auf und erhebt sich erleichtert vom Diwan, und Mutter und Tochter müssen sich noch lange, lange nicht um das scheußliche Geheimnis kümmern.

Die Weißnäherin

Die Weißnäherin ist die Frau, die die feinen Batisthemdhöschen der Mutter näht, mit Ajourstickerei auf der Brust. Sie macht auch die Nachthemden für alle und dazu die gesamte Bett- und Tischwäsche.

Das Kind mag das Fräulein Braun und findet es schön mit seinen braunen Augen und dem weichgelockten braunen Haar, auch dass sie größer ist als die Mutter, gefällt dem Kind.

Auch die Mutter behandelt das Fräulein Braun auf eine besondere Weise: sie ist distanzierter als sonst, jedoch gleichzeitig besonders höflich, als wäre die Weißnäherin etwas Besonderes.

Meist kommt das Fräulein Braun zu ihnen ins Haus, selten geht die Mutter zu ihr, und noch seltener darf das Mädchen sie dabei begleiten. Dann gehen sie die ausgetretenen Stufen im dunklen Zinshaus hinauf, höher und noch höher, bis sie in der lichten Mansarde angekommen sind.

Bei einer solchen Gelegenheit – damals war sie noch

sehr klein – zeigt ihnen das Fräulein Braun ein Kinderkleidchen, das ihr besonders gut gelungen sei, und als die Mutter Stoff und Schnitt bewundert, wird ihre Tochter auf den Zuschneidetisch gehoben und ihr das Kleid, das für ein anderes Mäderl angefertigt wurde, übergezogen.

Sehr hübsch ist das karierte Kleid, aber jetzt muss sie es wieder ausziehen: die Mutter zieht es ihr über den Kopf und zieht und zieht, aber das Kind steckt fest, vielleicht ist der Halsausschnitt zu eng oder die Mutter hat nicht alle Knöpfe geöffnet – unter der Stoffmasse ist es ganz schwarz, ganz eng rundherum. Um sich zu befreien, beginnt das Kind, um sich zu schlagen, da wird es noch enger um sie – keine Luft! – Todesangst, da macht es ratsch, ratsch und der Länge nach aufgeschnitten liegt das Kleid jetzt vor ihnen auf dem Zuschneidetisch, das Fräulein Braun entschuldigt sich wortreich, die Mutter entschuldigt sich auch und dann verabschieden sich die Mutter und die verweinte kleine Tochter rasch und lassen in der Eile die für den Vater neu angefertigten Nachthemden liegen.

Danach war sie nicht mehr bei der Weißnäherin, sie sieht sie auch nicht mehr, weil sie jetzt ja an den Vormittagen, wenn das Fräulein Braun zu kommen pflegt, in der Schule sitzt.

Als sie einmal von dort heimkommt, sagt die Mutter,

heute habe das Fräulein Braun für sie ein Geschenk mitgebracht.

Es ist ein bunter Puppenkoffer; als sie ihn öffnet, findet sie in einem oberen Einsatz winzige feingestrickte Puppensöckchen und wollene Babyschuhe, und im großen Abteil darunter liegt eine vollständige Ausstattung für eine Baby-Puppe: Wickelkleider und Jäckchen, eine warme Ausgehgarnitur, selbst das Lätzchen, das kleine Kinder beim Essen brauchen, wurde nicht vergessen.

Das sei für ihre Baby-Puppe, sagt die Mutter, und alles habe das Fräulein Braun wunderschön gearbeitet.

Sie mag ihre Baby-Puppe gar nicht, ja, sie verachtet sie sogar, weil sie einen Zelluloid-Kopf mit aufgemalten Haaren hat, während doch eine richtige Puppe echtes Haar haben muss, außerdem hat diese Puppe ein dummes Gesicht, das den Zwillingsschwestern vom Eislaufplatz ähnelt, die sie wegen ihrer braunsamtenen Eislaufkleider heimlich bewundert, und man weiß auch nicht, ob diese Baby-Puppe ein Bub oder ein Mädel sein soll, an seinem Zelluloid-Körper lassen sich dafür keinerlei Zeichen finden. Trotzdem holt sie jetzt diese verachtete Puppe – die nicht einmal einen Namen bekommen hat, sie hat es mit »Hansi« versucht, aber dieser Name hat nicht gehalten – aus dem Puppenwagen und zieht ihr eines der neuen Kleider an.

Vielleicht wollte ihr das Fräulein Braun ja damit wirklich eine Freude machen, daran denkt sie, während sie das Schlafsack-Kleid mit den beiden Knöpfen verschließt; aber insgeheim weiß sie, obwohl sie erst sieben oder acht Jahre alt ist, dass die schöne Gabe eigentlich nicht als Geschenk für sie gemeint war – aber wie sonst?

Dienstag: Waschtag

Vom wöchentlichen Waschtag merken die Hausbewohner wenig: nur wenn sie am halbgeöffneten Fenster der unterirdischen Waschküche vorbeigehen, kreuzt ein weißgraues Dampffähnchen ihren Weg.

Als sie etwa vierzehn ist – das ist das Alter, wenn Bruder und Cousin während der Sommerferien als Zimmererlehrlinge eingesetzt werden und jeden Morgen in ihren blauen Arbeitsanzügen die hundert Meter hinüber in die Firma spazieren –, verlangt die Mutter von ihr, dass sie die Hausarbeit in Küche und Keller kennenlernt. Also beginnen ihre Sommerferien ebenfalls mit einer Art Praktikum, meist an der Seite der Mizzi.

Heute ist Dienstag und da muss sie in die Waschküche.

Schon als sie über die Stiege ist und den Vorkeller betritt, schlägt ihr Dampf und Lärm entgegen: ein Rumoren und Klatschen, ein Wasserplätschern, jedoch kein Menschenlaut, kein Husten, kein schweres Atmen, und natürlich kein Singen – aber sie hat hier auch kein fröhliches Wäschermädelgeträller erwartet.

In der Waschküche ist die Waschfrau, die Frau Riedel, schon an ihrem Geschäft. Sie deutet dem Lehrling, dass sie die Leintücher, die im Wäschebottich eingeweicht sind, auswringen und hinüber in den Waschtrog befördern solle.

Das ist harte Arbeit, ein nasses Leintuch ist schwer und ungefüge in den Händen, aber sie schafft es. Das Leintuch darf ja noch triefen, das macht es bei der Frau Riedel auch.

Aus dem holzbefeuerten kupfernen Waschkessel wird jetzt heißes Wasser in den Trog geschüttet, dann kommen die Reibbürsten zum Einsatz: Breite für Breite des Leintuches wird im Trog aufgelegt und mit Bürste und Schichtseife mit aller Kraft bearbeitet.

Wenn sie dazwischen aufschaut, ist gegenüber das nasse Gesicht der Frau Riedel ganz nah, einige Strähnen sind ihr aus dem dünnen Haarknoten geglitten, ihr Gesicht ist ganz weiß und wie aufgedunsen, das kommt wohl von dem vielen Wasser, mit dem sie an jedem Wochentag zu tun hat.

Leintuch um Leintuch, Kopfpolster, Fensterpolster, Handtücher, Hemden, Leibwäsche.

Sie hat nicht gewusst, dass sie so viele Leintücher und Überzüge verbrauchen – vielleicht hat die Mutter auch das gemeint, als sie gestern Abend sagte: »Da unten in der Waschküche kannst du viel lernen.«

Sie ist froh, als die Mizzi kommt und der Frau Riedel ihre Jause bringt: dicke Wurstbrote und Milchkaffee in dem für die Frau Riedel bestimmten blitzblauen Häferl, das seinen angestammten Platz in der Küchenkredenz ganz oben links hat.

Während die Frau Riedel schnell und stumm isst, steigt der Lehrling zum Atmen hinauf in den Garten und wundert sich, dass der sich auch heute so ruhig ausbreitet wie sonst.

Rasch pflückt sie sich ein paar reife Ribisel vom Strauch und steigt zögernd wieder hinunter in die Waschküche.

Jetzt kommt die Arbeit, die sie bald zu fürchten lernt: aus der im Kessel kochenden Lauge werden am langen Wäschestab die einzelnen Stücke gefischt und mit weit vorgestreckten Armen die zwei Schritte hinüber zum Waschtrog getragen.

Es ist gar nicht leicht, die im Kessel ineinander verschlungenen Stücke auseinanderzutreiben. Wenn das dampfende Stück glücklich drüben im Trog gelandet ist, fängt die Mühe wieder an, denn da hinein hat die Frau Riedel zwar kaltes Wasser geschüttet, das sich jedoch schnell durch die aus der Kochlauge gefischten Stücke erwärmt, und wenn jetzt die Wäscherumpel zum Einsatz kommt und jedes Stück sorgfältig und Stelle für Stelle durchgerumpelt wird, muss man sehr Acht geben, um sich nicht die Hände zu verbrühen, ehe dann endlich das so bearbeitete Stück im ersten Schwemmbottich landen darf.

Die Frau Riedel scheint gegen die Hitze unempfindlich zu sein. Der Lehrling sieht nie, dass sie ihre Hände hastig zurückzieht, sie lässt auch Dampf oder Schweiß oder beides einfach übers Gesicht rinnen, während der Lehrling sich immer wieder mit dem Ärmel über Stirn und Wangen wischen muss.

Das Wäscheschwemmen ist dann eine Erleichterung, zweimal in warmem und dann noch einmal in kaltem Wasser, und als sie meint, dass jetzt die Arbeit vorbei ist, stehen da noch zwei kleinere Schaffe, eines mit Stärke, denn die Herrenhemden werden gestärkt, damit sie beim Bügeln spiegelglatt werden und die Façon halten, und im anderen Schaff ist Wäscheblau, das gibt den Kleidungsstücken einen bläulichen Stich, sodass sie, wenn sie endlich trocknen dürfen, im wörtlichen Sinne leuchtend weiß wirken.

Das Auswringen der Leintücher danach ist wieder eine unerwartet harte Arbeit, alles Wasser muss jetzt heraus, aber da hilft ihr Frau Riedel, und während sie das Leintuch nur auf ihrer Seite festhalten muss, dreht die am anderen Ende den triefnassen Stoff zu immer engeren Wirbeln ein, das Wasser rinnt nur so weg und klatscht auf den nassen Steinboden, jetzt sagt die Frau Riedel: »So geht es leichter als allein«, und dann endlich tragen sie die weidengeflochtenen Wäschekörbe hinauf und stellen die im Geräteschuppen wartenden Pflöcke in ihre Löcher und spannen den Strick über die Wiese und hängen die Stücke an Holzkluppen auf, die Leintücher hängen noch lange nass und schwer über dem Gras. Zum Glück ist es jetzt Mittag und sie darf gehen.

Nachmittags flattern die trockenen Hemden und Tuchentüberzüge schon im Wind und sind wirklich sehr weiß, und die Mizzi geht jetzt und nimmt Stück für Stück ab und legt sie schön zusammengefaltet in den Wäschekorb. Morgen wird das Mädchen bügeln lernen.

Die Baracken

Es ist gut, dass ihr eigenes Haus eine so vielfältig gewachsene und verschieden bebaute Umgebung hat: zwischen alten schattigen Obstgärten breiten sich die grünen Flächen der Gemüsegärtner, und dort drüben eine wüste, sich selber überlassene graugrüne Steppenzunge, Brennnesseln und Disteln, dazwischen übriggebliebene kleine alte Hauerhäuser, hie und da streben weißverputzte neue Villen, so wie die ihre auch, in die Höhe.

Die Baracken liegen ganz nah; ihr ist verboten, dieses Areal zu betreten. Sie tut's trotzdem immer wieder, mit Herzklopfen, denn alle wissen, dass dort Diebe wohnen und überhaupt Gesindel.

Sie muss nur die Grinzinger Allee wenige Schritte hinaufgehen und dann links abbiegen: und schon ist sie da.

Auf den ersten Blick würde keiner vermuten, dass hier Leute wohnen: zwischen schütteren Bäumen wächst das Unkraut an manchen Stellen hüfthoch, dann sind wieder kahle Flecken da und Betonblöcke liegen herum.

Hie und da Trampelpfade durch das stachelige Grün,

gerade breit genug, dass einer hinter dem anderen gehen kann. Ein Gerät, das auf Rädern fortbewegt wird, könnte man hier nicht gebrauchen – nicht einmal einen Handwagen oder eine Schubkarre.

Wenn sie einem solchen Pfad folgt, kann es sein, dass er vor einem Brennnesseldickicht aufhört, aber er kann sie auch zu einer der ins Gelände geduckten grauen Baracken führen, von denen sie gehört hat, dass sie im letzten Krieg für die gefangenen Soldaten errichtet wurden.

Wenn sie vor einer Baracke lauscht, liegt das niedrige Gehäuse ganz still da, kein Mensch ist zu sehen und zu hören. Sie geht ein paar Mal auf dem nach dem gestrigen Regen im Dreck versinkenden Lehmboden vor dem verwahrlosten Bauwerk hin und her, sie schlendert scheinbar achtlos und sieht sich nicht um, aus den Augenwinkeln späht sie jedoch nach jeder noch so winzigen Bewegung.

Nichts. Also geht sie langsam weiter, einen anderen Pfad entlang, es ist sehr sehr still hier, sie hat die ganze Zeit das Gefühl, da sei etwas, da sei einer hinter ihr. Sie wagt es nicht, sich umzuschauen. Und wenn sie Glück hat, landet sie vor der anderen Baracke, wo der ungarische Offizier wohnt – dass er aus dem Krieg übriggeblieben und schwer krank sei, hat ihr die Mizzi verraten.

Und wirklich, da lehnt er ja an seiner Hauswand und

ist blass und hat kohlschwarze Locken und ist sehr mager in seiner schlotternden alten Uniformhose, und wie immer hat er eine Zigarette zwischen den Fingern und zieht jetzt daran, ein wenig bläulicher Rauch steigt auf. Der schöne Offizier schaut an ihr vorbei – sie ist für ihn nicht vorhanden.

Auch Töne gibt es hier: aus dem offenen Fenster hört man ein kleines Kind weinen – sie weiß ja, dass der Offizier eine Frau hat, mit der er aber nicht verheiratet ist, dass es so etwas gibt, hat ihr die Resi verraten: zwei oder drei Kinder habe der.

Hier traut sie sich nicht, länger zu bleiben, obwohl sie den schönen Dunklen lange, ganz lange anschauen möchte, stumm zieht sie weiter, trifft vielleicht auf eine Baracke und dann auf noch eine, und wenn sie Glück hat, begegnen ihr manchmal andere Kinder, auf dem engen Pfad drücken sie sich stumm an ihr vorbei. Die kleinen Mädchen tragen verwaschene Kittel wie die kleinen Buben auch, sie sind alle sehr blass und eine grünliche Rotzglocke hängt ihnen aus der Nase. Das kommt wohl vom Barfußgehen auch an solchen nasskalten Tagen wie heute.

Nicht einmal aus der Entfernung rufen ihr diese vorbeischleichenden Kinder Schimpfnamen nach, auch wenn sie manchmal größer und stärker sind als sie selbst.

Einmal gelingt es ihr beinahe, mit einem solchen Barackenkind Bekanntschaft zu schließen. Sie kommt vorbei an einer der niedrigen Schaluppen, die schon ein wenig schief dasteht, da spielt ein Mädchen mit einem Gummiball, der noch prall und bunt ist. Jetzt muss sie selber stehen bleiben, gerade vor einer hohen Distelstaude, die sie angelegentlich anstarrt. Und da kommt wie zufällig der Ball den Pfad entlang gerollt, schnurstracks auf sie zu. Sie bückt sich, hebt den Ball auf und wirft ihn der anderen zu, die ihn auffängt und gleich wieder zurückschießt.

Noch ehe die beiden viel überlegen, webt der Ball seinen Luftweg zwischen ihnen hin und her, dann hört die andere zu werfen auf, als wäre sie darüber erschrocken, aber sie winkt, ganz leise, als solle ihr das fremde Kind folgen, sie dreht sich um und geht voran, sie in einigem Abstand hinterher, dann stehen sie vor einer offenen Haustür und das blasse Mädchen schaut sich nach ihr um, nickt leise, und sie selbst denkt nicht nach und folgt und tritt in ein Zimmer oder ist es eine Küche oder etwas ganz anderes, das könnte sie nachher nicht sagen, weil hier alles so ganz anders ist als bei ihr daheim. Schon der Geruch. Wenn die Mutter wüsste, dass sie jetzt hier ist, würde sie gleich zum nahen Kommissariat rennen und mit einem Polizisten angelaufen kommen, also wird sie der Mutter nie, nie über das hier auch nur ein Wort verraten, das schießt dem Mädchen durch den Kopf. Aber es wird ihr schon nichts geschehen! Sie fürchtet sich freilich, dennoch möchte sie wissen, wie es weitergeht. Die Frau mit dem verschwommenen Gesicht, die dort drüben an einer Art Tisch steht und an einem nackten Kleinkind hantiert, das dem Mädchen winzig und faltig vorkommt, wie damals ihre erste Stoffpuppe, als sie der die Füllung ausgelassen hat. Die Frau wirft einen einzigen schrägen Blick auf die Besucherin und wischt mit ihrem Fetzen stumm weiter an dem Säugling, der reglos liegt und nicht schreit. Ihre Führerin ist mit dem Ball in einen Winkel gehuscht und schaut auch nicht her, ebenso stumm, wie hier alle sind, dreht sich die Besucherin um, macht die paar Schritte zur offenstehenden Haustür und rennt schon weg auf zittrigen Beinen.

Jetzt ist es, als wäre ihr eigenes Zuhause fast unerreichbar weit.

Soldaten und Kanonen

Heute früh ist es beim Aufstehen rundherum totenstill. Kein Stampfen und Dröhnen der Gatter, die die Baumstämme aufschneiden, kein Kreischen der Kreissäge aus der Maschinenhalle, kein Klappern der Bretter, die auf die wartenden Pferdewagen verladen werden, vom Holzplatz unter ihrem Fenster.

Die Mutter sagt, dass Streik sei, dass nicht gearbeitet werde, aber in die Schule müsse sie trotzdem, und ist schon wieder draußen, also frühstückt sie und macht sich auf den Schulweg, die Billrothstraße kommt ihr heute so leer vor, wie sonst an Sonntagen, keine Fuhrwerke unterwegs, auch weniger Menschen auf der Straße.

Als sie zu Mittag heimkommt, wird in der Firma noch immer nicht gearbeitet, nur der Großvater und seine drei Söhne sitzen wie sonst im Büro und machen ihre Arbeit.

Am Nachmittag nimmt sie die Mutter mit zum Einkaufen.

Mutter und Tochter gehen heute nicht wie sonst beim Gartentor hinaus, sondern machen den kleinen Umweg über den Firmengrund, gehen über den Hof, das Garagentor steht offen, drinnen glänzt und blitzt das große schwarze Auto, aber der Chauffeur Wratschko, ihr bester Freund, ist auch nicht da. Am Werkstor sitzen rechts und links zwei Männer in ihren Sonntagsanzügen, der eine ist der Kramreiter, ein besonderer Freund von ihr. Die Männer stehen auf und tippen an ihre Kappen, als sie mit der Mutter vorbeigeht. Die Mutter grüßt zurück, aber das Mädchen tut, als hätte es den Kramreiter nicht gesehen, für sie ist er ab heute ein Verräter.

Später schirren Vater und Onkel ein Paar Pferde an, die beiden sind in ihren Anzügen mit weißem Hemd und Krawatte. So steigen sie auf den Kutschbock und fahren mit dem leeren Kastenwagen, auf dessen beiden Seiten groß der Firmenname steht, der auch ihr eigener Name ist, beim Tor, das sie sich selbst geöffnet haben, hinaus, das haben sie am Vormittag auch schon gemacht, sagt die Mutter, die Leute sollen sehen, dass sich die Chefs nicht unterkriegen lassen.

Das Mädchen merkt, wie angespannt, ja ängstlich die Mutter ist, immer wieder tritt sie ans Stubenfenster und beobachtet die Kreuzung und die Billrothstraße, ob die Männer zurück kommen.

Nach zwei Stunden ist der Wagen zurück, die beiden

jungen Chefs sind blass und angespannt, sie hat den Vater noch nie so nervös gesehen.

Vielleicht steht etwas in der Zeitung, das all dieses neue Beängstigende erklärt, die Mutter kommt dazu, als sie blättert und liest, und sagt, dass die Leute streiken, weil die Löhne so niedrig seien und es so viele Arbeitslose gäbe.

Das hat sie gar nicht gewusst. Ganze Nachmittage hat sie »am Platz« verbracht, mit den Arbeitern geredet und ihnen geholfen, beim Bretterschlichten, beim Werkzeugholen. Und doch hat sie nichts von dem allen gewusst, und auch ihre Freunde unter den Arbeitern haben ihr nie gesagt, dass es so viel Hunger in der Stadt gibt, wie sie jetzt in der Zeitung liest.

Auf einmal sind die Schauergeschichten der Klassenschwester ganz nah und nicht mehr bloße Hirngespinste.

In jeder freien Minute erzählt die Schwester Lucia den Mädchen von Spanien, wo die viehischen Bolschewiken die Katholiken abstechen oder lebendig begraben. Die Augen der Schwester glühen in ihrem weißen Gesicht unter dem schwarzen Nonnenschleier, wenn sie von dem Martyrium spricht, dem dort auch so kleine Kinder wie wir hier ausgesetzt sind: Während die Mädchen hier bequem in ihren Schulbänken lümmeln, werden dort schon die Säuglinge von der Brust der Mutter gerissen und gegen die Bäume geschmettert, und dann wird den Müttern der Bauch aufgeschlitzt und die Gedärme werden unter Grölen und viehischem Gelächter aus dem blutenden Leib gezogen.

Bisher hatte sie immer gedacht, die Schwester Lucia habe diese grausigen Geschichten erfunden, alle sehen ja, welche Lust sie dabei hat, so etwas zu erzählen. Aber jetzt macht ihr der Gedanke dran ein flaues Gefühl, wenn sie daheim am Nachmittag in den Ringen des neu angeschafften Turngerätes steht und müßig hin und her schaukelt. Und in der Nacht kommen die schrecklichen Bilder.

Vielleicht wird ihr der Wratschko das erklären – vielleicht. Aber dann fragt sie den Wratschko doch nicht – sie ahnt, dass es ihm nicht recht wäre.

Und dann ist alles vorbei, alles wie immer, und es wird vor den Kindern nicht weiter über den Streik gesprochen. Als sie am nächsten Morgen aufsteht, empfängt sie durchs Fenster der gewohnte Arbeitslärm.

Aber etwas ist anders geworden, ein wenig anders. Die freundliche Sicherheit, die sonst nicht nur ihre nahe, sondern die fernere Umgebung des »Holzplatzes« bot, scheint ein wenig aus dem Gleichgewicht gefallen zu sein. Als ob der Boden unter ihren Füßen leise vibrierte wie drüben in der Maschinenhalle, wo die stampfenden Gatter die Baumstämme fressen.

Bald darauf ist es ein ganz gewöhnlicher Nachmittag.

Sie sitzt über ihren Aufgaben am Tisch in der Bauernstube. Vielleicht hat sie gerade ihre ersten Latein-Vokabeln wieder und wieder dekliniert, amica, puella, tabula. Als es zu langweilig geworden ist, steht sie auf, tritt ans Fenster und schaut hinunter auf die »Kreuzung«, wo in einer Art Ypsilon Billroth- und Sieveringerstraße und die Grinzinger Allee zusammenlaufen und die Obkirchergasse mündet. Sonst ist dort am frühen Nachmittag nichts zu sehen, die wenigen Frauen, die mit ihren Einkaufstaschen unterwegs sind, zählen nicht. Aber heute ist dort ein Huschen und Rennen, sie schaut genauer, es sind Soldaten, die Stahlhelme tragen, ein ganzer Schwarm von Soldaten, einige schleppen etwas Ungefüges mit, es sind zwei Maschinengewehre, wie sie sie als Miniaturen von den Zinnsoldaten ihres Cousins kennt – die dort in ihren grauen Uniformen schauen von oben auch wie Zinnsoldaten aus, die sich aufs Pflaster werfen und bäuchlings hinter den Maschinengewehren liegen.

Sie rennt zur Mutter, die erklärt etwas vom Gemeindebau am Sonnbergplatz, den die Sozis zu einer Art Festung ausgebaut hätten. Der Gemeindebau soll jetzt eingenommen werden und jene Soldaten dort unten lauern auf fliehende Feinde.

Sie stehen am Fenster und warten auf Schüsse und Schreie – aber nichts geschieht, und nach einer Weile ziehen die Soldaten ab und die Kreuzung liegt wieder leer und still da. Beim Abendessen ist alles wie immer und über das, was sie alle gesehen haben, wird nicht gesprochen.

Sie möchte weiterfragen, merkt aber, dass auch die Mutter sich selber nicht besser auskennt – oder mit ihr nicht darüber sprechen will.

Wieder ein oder zwei Tage später nimmt die Mutter sie zum Spazierengehen mit, was sie nur selten tut. An diesem Vorfrühlingstag gehen sie ihren Lieblingsweg über den Hungerberg. Weinberge auf der einen Seite, Obstbaumhänge auf der anderen, und dahinter lang hingezogen die Stadtsilhouette, Nähe und Weite zugleich.

Dann sind sie auf der Hohen Warte, die damals wie eine Schanze über der sich im Tal dahinziehenden Heiligenstädterstraße liegt, und dort, wo die Villengärten einen freien Platz lassen, sieht sie etwas wie schwarze Kanonen, es sind echte Kanonen, sieht sie staunend. Gerade unter ihnen liegt gegenüber der Karl-Marx-Hof, der riesige Gemeindebau, wie ein Ozeandampfer. Aber heute sind in seinen Mauern oder Schiffswänden da und dort große Löcher, sie begreift zuerst nicht, was sie sieht, dann kommt es: Einschüsse sind es!, dort haben die schwarzen Kanonen getroffen.

Dort drüben wohnt doch die Helga, ihre Schulfreundin! Sie weiß, wie es bei ihr daheim aussieht. Sie hat die Helga ja schon ein paar Mal besucht. Wo ist sie jetzt?

»Das dürfen sie doch nicht«, schreit sie. Rundherum stehen die Soldaten, sie lehnen an den Geschützen und an den Bäumen und schauen sie an.

Hastig packt sie die Mutter am Ärmel und zieht sie fort. Im Eilschritt geht es zurück nach Hause. Auch diesmal wird über das Gesehene kein Wort verloren. Und eigentlich ist sie froh, dass es so ist.

Tramway

Es ist immer schön, mit der Tramway zu fahren, auch wenn das für die Gymnasiastin schon lange zum Alltag gehört.

Die kleinen roten Straßenbahnwagen haben etwas von Motorschiffen, mit ihren braunen Bretterbänken und den zum Hinausschauen einladenden Hochschiebe-Fenstern.

So vieles unterstreicht das Besondere dieses Dahingleitens: der Schaffner mit seiner roten Kappe, der Signalpfeife, der ledernen Umhängetasche, aus der er die verschiedenen Fahrkarten in allen Farben und Größen zieht, um sie mit der Zwickzange zu lochen. Es ist kein Wunder, dass jeder kleine Bub sich eine Schaffner-Uniform mit Kappe und Tasche und Zange und Pfeiferl wünscht und sie vom Christkind schon als Fünfjähriger beschert bekommt. Sie selbst hat sich oft heimlich an die Schaffnertasche des kleinen Bruders herangemacht und dann die grünen und weißen und rosa Fahrscheine gezwickt und immer weiter gezwickt und nicht aufhören können, bis der Bruder heulend herbeistürzt und sie für den Übergriff gescholten wird, denn das Schaffnersein ist eine Männerangelegenheit, er muss nicht nur an jeder Station die Signalleine ziehen, die an der Holzdecke des Wagens entlangläuft, und Pfeifsignale geben, er muss auch aus der dahinfahrenden Tramway ab- und wieder aufspringen können.

Das Dahingeführtwerden in der Tramway ist ein Vergnügen, und wenn man dann gar an einem lauen Frühlingstag auf der offenen hinteren Plattform steht und das Boot – nein – die Tramway unter sich leise schwanken spürt und es zieht, aber nur ein bisschen, gleiten die Häuser und gelegentlich einige hohe Bäume rechts und links am Ufer vorbei, und die Häuser sehen aus, als wären sie aus einem leichteren Stoff als Ziegel oder Holz, und alles hat dann etwas beinahe Schwebendes. Und wenn man am Strauß-Lanner-Park vorbeifährt, weht von dort ein leiser Fliederhauch herüber, aber da ist jetzt schon die sehr hohe Pappel hinter ihrem Haus und jetzt ist sie gelandet.

Der Fetzentandler

Töne, die über Dächer und Baumkronen gleiten, durchs offene Fenster fließen, das Zimmer ausfüllen.

Das Teppichklopfen in der Frühe, der Werkelmann Donnerstag nachmittags, und unversehens die klagenden, die lockenden Rufe von der Straße her: »Der Fetzentandler ist da: alte Flaschen, Fetzen, Bodenkram, Kellerkram! Der Tandler ist da!«

Die Töne sind zuerst da. Erst danach das Bild, zündholzgroß wacht der Augenblick auf aus der Erinnerung: der klapprige, gerümpelvolle Karren, der magere Gaul, der winzige, graue Mann neben dem staubigen Tier, dann verschwindet das Bild und das Rufen ist da, »Alte Flaschen, Fetzen …«, leiser und leiser jetzt, immer noch da.

Der Werkelmann

Am Donnerstag ab drei Uhr spielt der Werkelmann vorm Ali, dem Eisgeschäft an der Kreuzung.

Dann liegen die nasalen Orgeltöne schwer in der Luft. Sie schmelzen Gärten und starre Häuser in ein Honiggleiten, dass sie sich vereinen mit dem blauen Junihimmel – es ist, als scheine immer eine langsame sanfte Sonne, wenn die verzögerten Klänge eines Strauß-Walzers – »G'schichten aus dem Wienerwald«? – aus der Orgel fließen.

Vorm weit offenen Fenster sitzt das Mädchen an seiner Latein-Übersetzung und lässt sich überschwemmen von den schweren Tonwellen, manchmal setzt sie einen neuen Ovid-Satz aufs weiße Papier, alles hat sich aufgelöst in diesem Schmelzen, und nachher könnte sie nicht sagen, ob der Werkelmann drüben eine Stunde gespielt hat oder zwei, weil ja jetzt auch die Zeit zergangen ist.

Der Herr Feldstein

Der Herr Feldstein und sein Modegeschäft begleiten sie durch ihre Kindheit.

Wenn die Mutter in die Stadt fuhr, wurde hin und wieder die Tochter mitgenommen, aber der Bruder meist nicht, obwohl dem die Liebe der Mutter galt und der Stolz des Vaters, denn der Bruder würde – das hatte sie inzwischen begriffen – wenn er groß wäre, in die Firma eintreten wie die ältesten Söhne aller Sohneslinien und dort neben Vater und Großvater seinen Arbeitsbereich zugewiesen bekommen.

Sehr oft brauchten Mutter und Tochter gar nicht den Weg vom Schottentor in die Innenstadt zu gehen, denn nah bei der Endstation ihrer Straßenbahn, des 38ers, lag das Textilgeschäft von Herrn Feldstein.

Dorthin mussten sie oft, denn dort bekam man Socken für den Vater und die Kinder, die Mutter kaufte dort ihre Seidenstrümpfe und ließ die Westen und Pullover und die neu eingetroffenen Strickkleider an der langen Garderobenstange Revue passieren, obwohl sie sich keines kaufen würde, alle ihre Kleider wurden ja von einer Schneiderin angefertigt, wie die der kleinen Tochter auch; jedoch die Tochter bekam hier einen schönen blauen Rock für die Schule, der Stoff war in viele Falten gelegt und sah gar nicht kleinmädchenhaft aus, sondern passte für eine Dreizehnjährige.

Die Verkäuferin lief hin und her und holte immer noch etwas eben erst Geliefertes, der Chef, der Herr Feldstein, stand daneben und wechselte mit der Mutter als einer Stammkundin, die er schätzte, ehrerbietige Worte; auch mit ihr redete er und fragte sie nach der Schule, und er nannte sie auch nicht »meine Süße« wie der Besitzer der Drogerie nebenan.

Nach jedem Einkauf im Geschäft des Herrn Feldstein gab es ein kleines Geschenk für die Kinder: Wenn ihr Bruder dabei war, durfte er sich eines der flachen wirklichkeitstreu bemalten Holztiere aussuchen – den Hirsch oder das Zebra oder den Löwen –, aber immer nur eines, auch wenn der kleine Bruder noch so lange unentschieden abwechselnd die flachen Sperrholzfiguren zwischen den Fingern drehte: den Löwen? Oder doch das Zebra? Sie fand, der Herr Feldstein könnte dem kleinen Bruder ruhig alle beide schenken, aber da war der Herr Feldstein sehr korrekt.

Sie selbst bekam, seit sie lesen konnte, an der Kassa die letzte Nummer der bunten Kinderzeitschrift *Papagei* überreicht. Sie musste gleich nachsehen, was es diesmal war: der Zeitschrift war als kleinformatige Beilage immer ein neuer Teil einer Art von Kinderlexikon beigeheftet. Davon hatte sie jetzt schon eine kleine Bibliothek. Am meisten schätzte sie das Miniheft über Vögel, die sie an ihren Flug-Silhouetten unterscheiden lernte, und das über das Spurenlesen: schon konnte sie die Pfotenabdrücke von Hasen und Rehen und Katzen und Hunden unterscheiden, nur den Fuchsspuren war sie noch nie im Schnee begegnet.

Als sie ins Gymnasium ging, erlosch ihr Interesse am Herrn Feldstein. Sie bekam, weil sie jetzt kein richtiges Kind mehr war, von ihm auch nichts mehr geschenkt. Die Zeiten von Holztierzoos und Kinderheftchen sind schon lange vorbei.

Trotzdem tat es ihr leid, als eine ganz andere Zeit angebrochen war, mit Trommeln und Fahnen und Marschieren, und sie zu Deutschland gehörten und der Herr Feldstein nicht mehr da war, wie die Mutter nur sagte, und sie auch nicht mehr in sein Geschäft gingen, obwohl sie, wenn der 38er seine letzte Schleife hin zur Endstation zog, die drei Schaufenster seines Geschäftes sah, die die neuesten Kleidungsstücke geschmackvoll präsentierten, genauso wie immer.

Auch der Herr Hlawatsch fehlte jetzt. Er war der Besitzer des kleinen Schuhgeschäfts, das sie auch besuchen durfte, seit sie eine Erwachsenen-Schuhgröße hatte.

Früher ging die Mutter mit ihr in ein viel größeres Geschäft, zum Delka, dort gab es einen Kontrollapparat, der aussah wie die Stehwaagen auf den Bahnhöfen. Man zog die neuen Schuhe an, stellte sich auf eine kleine Plattform und legte das Gesicht oben auf die lange Röhre, die mit einer Glasplatte abschloss, die Verkäuferin drückte einen Knopf, blaues Licht in der Röhre, und dann sah sie ihre Zehen als Skelett, so konnte sie unter ihre eigene Haut sehen, sie bewegte ein wenig die Zehen in den hässlichen Schnürschuhen, die die Mutter ausgesucht hatte, da stießen die großen Zehen an das Schuhleder, das sich als dicke Linie um ihre Fußknochen abzeichnete, jetzt schaute die Verkäuferin in die Röhre, die sie stolz »unser neuer Röntgenapparat« nannte, und verkündete, dass die Schnürschuhe leider zu klein seien – die Mutter wollte nicht schauen, sie verlasse sich auf das Urteil der Fachkundigen –, dann werden die Spangenschuhe, die sie sich selber ausgesucht hatte, ebenfalls auf diese Weise getestet, die passten!, die Verkäuferin lächelte ihr verstohlen zu.

Im kleinen Schuhgeschäft gab es eine einzige Verkäuferin, die Frau Wilma, die sich mit der Mutter große Mühe gab, und keinen modernen Apparat. Der Herr Hlawatsch stand schweigend in der hintersten Ecke seines kleinen Ladens und sah freundlich lächelnd zu, er war ein massiger Mann mit einem blassen Mondgesicht.

Als sie später – da hatte gerade der Krieg begonnen – wieder einmal Schuhe brauchten, war nur die Frau Wilma da und teilte ihnen mit, dass das Geschäft jetzt ihr gehörte. Wenn sie später Schuhe brauchten und dafür noch einen Bezugsschein hatten, gingen sie immer zur Frau Wilma, die fand für sie in den hintersten Lagerecken immer noch fabelhaft gutes Schuhwerk – sie bekam so mitten im Krieg ein Paar aus roten und dunkelblauen Lederriemen geflochtene Schuhe, auf die sie sehr stolz war, obwohl sie sich für sie auch ein wenig schämte: die anderen trugen meist schon die plumpen Kriegspaare mit den dicken Buna-Sohlen oder hatten ihre alten Bergschuhe wieder hervorgeholt.

Dann war der Krieg aus und schon eine Weile Friede, endlich konnte man sich wieder Schuhe kaufen, Mutter und Tochter gingen also wie früher zur Frau Wilma, und da war der so lang verschwundene und eigentlich nicht vermisste Herr Hlawatsch auch wieder da, aber jetzt war er ebenfalls Verkäufer und stellte sich dabei ungeschickt an, weil das immer die Frau Wilma besorgt hatte, und die sagte nur beiläufig, ihr Chef wäre gar nicht fort gewesen. Sie hätte ihn durch die Kriegsjahre bei sich versteckt, er hätte ja untertauchen müssen.

Und als sie, wieder nach einem Jahr, wiederkamen, waren beide im Laden, als jedoch Herr Hlawatsch, der jetzt viel magerer war und noch blasser als früher, das war ihr schon beim ersten Besuch aufgefallen, hinten im Lager verschwand, flüsterte ihnen die Frau Wilma zu, dass sie mit diesem Mann im Streit läge, sie wären schon vor Gericht, es ginge darum, wem dieses Geschäft jetzt gehören solle.

Danach gingen sie, obwohl darüber nicht gesprochen wurde, nie mehr in dieses Schuhgeschäft.

Und noch eine fehlte: ihre Weißnäherin, das Fräulein Braun, das ihnen alles Bettzeug und die Fensterpolster genäht hatte, wenn die alten vom vielen Waschen verschlissen waren, und die Hemden und Nachthemden für die Frauen dazu.

Aber dass das Fräulein Braun auch einfach fort war und nicht mehr zurückkam, fällt ihr nach all den Jahrzehnten erst jetzt auf, als sie darüber berichtet.

Flimmerrand

Manchmal schlägt von draußen ein Funke in ihre Welt, das Kind schaut seinem Glimmen zu, bis es wieder erlischt, der Funke hat weder helleres Licht gespendet, noch das Zuhause in Brand gesetzt, alles wie immer.

Während das eine Großelternpaar immer da ist, ist der Platz des anderen leer.

Der Vater der Mutter ist tot. Der k. und k. Berufsoffizier, der den Weltkrieg als Verbindungsoffizier in der Türkei verbracht hatte, war in den grauen Nachkriegsjahren rasch verloschen. Von ihm bleiben dem Kind nur märchenhafte Orientgeschichten wie aus 1000 und einer Nacht.

Die »andere Großmutter« hat sich ins billigere Brünn zurückgezogen, davon wird manchmal gesprochen.

Einmal, da ist das kleine Kind krank, sitzt diese fremde Frau an seinem Bett, das Kind schaut auf in ein fremdes strenges Gesicht, und dazu sagt die Stimme: »Der Kaffee war miserabel« – und obwohl dieses ausländische Wort noch nicht zum Wortschatz der etwa Vierjährigen gehört, begreift sie gleich, dass hier einer Befehlenden nicht das gezollt wurde, worauf sie Anspruch erhob.

Es gibt auch noch eine Schwester der Mutter – in der Erinnerung blieb kein Bild von dieser Tante Grete, ihr Platz ist leer, obwohl doch wieder und wieder von ihr gesprochen wird. Sie ist etwas Besonderes, eine fast unbegreiflich schöne Frau, die ihre Schönheit leuchtend vor sich her trägt. Sie schmückt sich mit schönen, herrschaftlichen Kleidern und majestätischen großen Hüten, die zu tragen keine andere wagen würde, darum weigert sich der Vater, sich mit ihr zu zeigen. Die Männer hätten Angst vor ihren Ansprüchen, sagt die Mutter ein wenig dunkel. Und eine verheißungsvolle Heirat, deren Hin und Her in der Familie lange Gesprächsthema ist, scheitert schließlich, weil diese besondere Frau nicht in einen bürgerlichen Haushalt passe. Zum Theater hätte sie gehen sollen, meint der Vater trocken.

Dann wohnt diese Tante Grete bei der anderen Großmutter in Brünn, und vielleicht arbeitet sie in einem Modistensalon. Bald hört man, dass sie einen Freund habe, der den Eltern verdächtig vorkommt, Jude sei er überdies.

Dann lange nichts von der Tante Grete, auch nicht von der Großmutter, und dann plötzlich ein Telegramm, eine Todesnachricht.

Viel wird geflüstert daheim, nichts wird erklärt, die nächsten Stunden bersten vor Erregung und fieberhaften Reisevorbereitungen – dann sind Vater und Mutter fort und wieder bange Leere und dann sind sie zurück. Und jetzt reden sie, weil es aus ihnen herausschießt. Das Elend der beiden Frauen in der fremden Stadt, Rauschgift habe die Grete genommen, süchtig sei sie gewesen, Morphium, der sogenannte Freund habe sie verführt und sei jetzt fort, weil nichts, aber schon gar nichts geblieben sei vom türkischen Silber und den Orientteppichen, und für die alte Frau in Brünn müsse man jetzt sorgen.

Das Kind holt sich heimlich das Fotoalbum der Mutter mit den fröhlichen Bildern aus deren weit entfernter Mädchenzeit. Da ist die Tante Grete und sieht sie unter der weißen Hutkrempe mit ruhigen Augen an, die sie sehen und durch sie hindurchschauen, ihr ebenmäßiges Garbo-Gesicht schön wie gemalt.

Wienerwald

Manchmal fällt es den Großen ein, dass die beiden Familien, die des Onkels und die ihre, schon lange keinen Sonntagsausflug mehr gemacht haben.

Dann wird das Mittagessen beschleunigt, die Sonntagssiesta der Väter verkürzt, und schon wandern sie von zuhause los, über Sievering oder Grinzing, gleich sind sie in den Weinbergen und bald darauf im Wienerwald.

Die drei Kinder müssen auf dem markierten Weg vorausmarschieren. Manchmal gelingt es ihnen, in ein Dickicht abzudriften, wo noch verspätete Maiglöckchen blühen könnten, die würden ihre Mütter freuen, oder hinunter zum Bachlauf zu stürmen, wo es an den Ufern feucht ist und matschig. Wenn sie Glück haben, wartet dort grell und gefährlich ein Feuersalamander, aber da kommt von oben schon der Ruf »Kinder voraus«, und sie laufen wieder den Eltern voran den langweiligen Pfad entlang, Bäume rechts und Bäume links und wieder Bäume, kein anderer Mensch unterwegs, geschweige denn andere arme Kinder.

Der Onkel, der immer lustig sein will, rührselig ist er

auch, stimmt ein Wanderlied an: »Hinaus in die Ferne um 15 Kreuzer Speck, den hab ich so gerne, den nimmt mir niemand weg«, aber die anderen Großen bleiben stumm und auch die Kinder schweigen störrisch, obwohl sie das Lied ja ganz lustig finden, also singt der Onkel es, leiser jetzt, alleine weiter: »Und wer das tut, der kriegt a paar am Hut, der kriegt a paar aufs Dachl, dass er's nimmer tut.« Dann ist es hinter ihnen still – auch die Großen scheinen das Wandern nicht wirklich lustig zu finden.

Endlich – der Weg hat sich gezogen – sind sie angekommen, beim »Häuserl am Stein« oder beim »Häuserl am Rain« oder beim »Griaß-di-aa-Gott-Wirt« – für die Kinder macht das keinen Unterschied. Die Holztische vor dem niederen Wirtshaus sind immer besetzt, wo kommen die vielen Leute auf einmal her? Die Kellnerinnen schießen zwischen den Tischen hin und her, sie müssen lange sitzen und warten, die Frankfurter Würstel mit Senf, die ihnen endlich vorgesetzt werden, entschädigen auch nicht.

Trotzdem sind alle »Häuserl« noch besser, als wenn sie am Heimweg bei einem der Heurigen landen, beim »Fuhrgasslhuber« oder dem »Schöll am Berg« oder dem »Friseur-Müller«. Es ist nur ein kleiner Trost, dass ihr Weg dorthin durch die Grinzinger Straße führt, vorbei an der Hütte des Salamutschi-Mannes mit seiner roten Kartoffelnase, wo man sich, wie es sich gehört, mit Salami und Emmentalerkäse für den Heurigen eindeckt, und dann vorbei an dem niedrigen Haus mit dem merkwürdigen Email-Schild an der Haustür: Dr. Urbancic, Seelenarzt. Sie hat einmal die Mutter gefragt, was denn ein Seelenarzt sei, die wusste es auch nicht und verwies sie an den Vater, der nur etwas von einem Freund oder Schüler eines Dr. Freud murmelte. So blieb sie allein mit ihren vagen Vorstellungen von einem Doktor für die Seele, die etwas leise Behütendes, Stillendes hatten.

Und dann traten sie wirklich in die verrauchte Heurigenschank.

Hier sind die wenigen Tische im Hof voll besetzt, sie zwängen sich zu einigen Fremden, die ihre Eltern jedoch zu kennen scheinen.

Die Unterhaltungen am oberen Tischende werden immer lauter und lustiger, alle Großen reden durcheinander, ihre Eltern sind auf einmal sehr aufgeräumt. Die drei Kinder sitzen stumm am unteren Tischende und spielen mit ihren Kracherl-Flaschen, die eine Glaskugel als interessanten Verschluss haben.

Einmal, als das Mädchen so da sitzt, zwischen den beiden anderen stummen Kindern, erhält sie plötzlich einen Schlag auf den Kopf, etwas Hartes zwängt sich um ihre

Stirn und nimmt ihr die Sicht. Sie versucht die Schwärze wegzureißen. Sie sitzt da und ist vor Schreck wie betäubt. Als sie sich endlich umsieht, steht hinter ihr ein Mann, ein wildfremder, der biegt sich vor Lachen und deutet auf den Hutständer gleich neben ihr. Da begreift sie.

Jetzt endlich gelingt es ihr, sich den verfluchten fremden Hut vom Kopf zu reißen – die Großen am Tisch lachen laut. Sie macht ihr zornigstes Gesicht, da lachen sie noch viel lauter. Sie feuert den schwarzen Hut mit dem grünen Band auf den Tisch, ein volles Weinglas fällt um, jetzt schimpfen Vater und Mutter mit ihr.

Manchmal, wenn sie Glück haben, gelingt es den Kindern, sich vom Tisch weg und in einen Hintergarten davonzustehlen. Sie laufen zwischen den Gemüsebeeten umher und füttern schließlich die Kaninchen, die in niederen Holzställen mit einem Maschengitter in der Vordertür wohnen.

Manchmal lugt eines der Hauerkinder aus der spaltbreit geöffneten Küchentür und zieht die dann schnell wieder zu.

Es gibt zum Glück genug Löwenzahnblätter in den Gartenecken, Kaninchen sind unersättlich, die Kinder stecken langsam Blatt um Blatt durchs Maschengitter und die Kaninchen mümmeln vor sich hin.

Im Garten ist es kühler geworden, die drei Kinder sind jetzt schläfrig, da werden sie endlich gerufen und traben nach Hause und fallen ins Bett.

Mikado

Die Kinder haben wenig Zeit für Spiele, die sie im Zimmer festhalten, sie haben ja den Garten und den »Holzplatz«, und später kommt auch noch der weiter entfernte Weingarten dazu.

Sie haben sich zwar Patiencen und Rommé von irgendjemandem abgeschaut, aber diese Kartenspiele vergessen sie wieder, um sich nur dann wieder an sie zu erinnern, wenn an verregneten Ferientagen danach Bedarf ist. Nur das »Schnapsen« hält sie für Monate in seinem Bann: Sie spielen vom frühen Nachmittag, nachdem die Aufgaben sehr schnell erledigt sind, bis zum Abendessen, auch wenn der Bruder dazwischen einige Male sagt: »Das ist ja stinklangweilig«, und der Cousin bestätigt: »Saufad ist das schon!«

Dann vergeht ihnen die Schnaps-Leidenschaft so schnell, wie sie entstanden ist.

Als sie älter ist, funfzehn oder sechzehn etwa, spielt sie manchmal mit ihrem Bruder Schach. Sie weiß nicht, wer ihnen die schwierigen Regeln beigebracht hat. Sie ist angetan von den bildkräftigen Namen der Figuren, vor allem das querfeld springende »Rössel« liegt ihr am Herzen.

Wenn sich Bruder und Schwester über dem Schachbrett gegenübersitzen, endet das Spiel jedes Mal mit heftigem Streit, einer beschuldigt den anderen, geschummelt zu haben – worauf sie sich die schön geschnitzten schweren Holzfiguren gegenseitig an die Köpfe werfen, und sie ahnt, dass hinter dem Streit ein neuer heimlicher Machtkampf steht. Ihr kleiner Bruder wächst ihr schnell nach, und schon kann sie sich ausrechnen, dass er sie, bald schon, in den meisten ihrer Freilandspiele besiegen wird.

Vater und Mutter sind wie bei allen Unternehmungen der Kinder auch bei diesen weit weg. Aber dann bringt der Vater das gerade in Mode kommende Mikadospiel nach Hause, und jetzt sitzen die Vier nach einem schnellen Nachtmahl um den Stubentisch, die verschiedenen bunt bemalten Stäbchen werden auf der blanken Tischplatte ausgeschüttet. Und dann versucht einer nach dem anderen, so viele Stäbchen wie möglich aus dem wirren Haufen zu fischen, ohne dass sich eines der anderen Stäbchen dabei bewegen darf.

Der Vater ist, obwohl seit dem Krieg einäugig, der Geschickteste. Vorsichtig wie ein Chirurg fasst er Stäbchen um Stäbchen an, die Zahlensumme seiner so eingesammelten Stäbchen steigt und steigt, dann sitzt er da und sieht lächelnd der impulsiven Mutter zu, wie sie geniale Würfe vollbringt, die jedoch oft den Stäbchenstoß ins Wanken bringen.

Sie selbst spielt verbissen fleißig, weil sie endlich auch einmal siegen will, ihr Bruder ohne große Hingabe, er verliert auch immer am höchsten.

Einmal – der Vater will gerade den Mikado, den Stab, der die meisten Punkte bringt, mit zwei Werkzeug-Stäbchen auf die sichere Seite befördern – kommt der verbleibende Haufen ins Rollen und der Vater muss aufgeben.

Als der Vater das nächste Mal an der Reihe ist und gerade ein auf den anderen ruhendes Holzstäbchen mit der Fingerspitze hochkippen und dann vorsichtig zur Seite schaffen will, bebt der Tisch – das war jetzt eindeutig: der Vater schaut hinüber zum Bruder und sagt ganz ruhig: »Das hast du absichtlich gemacht, du hast das Tischbein angestoßen«, steht auf und geht aus der Stube. Sie hören ihn ins Herrenzimmer gehen und dann seinen Schreibtischstuhl knarren.

Von da an wird nicht mehr Mikado gespielt und der Vater sitzt wieder jeden Abend von Zigarrenrauch eingenebelt im Herrenzimmer über seinen Bauplänen und Kalkulationen, wie früher auch.

Ihr Bruder, der sonst immer unauffällig ist, hat manchmal sonderbare Anfälle, das fällt ihr erst jetzt auf, und dann tut er etwas ganz Ungereimtes, das wissen sie alle.

Der kleine Bruder, der Türschnallen nur mit dem Ellbogen öffnet und sich wieder und wieder die Hände wäscht – der Erstklässler, der sich eine Handvoll Würfelzucker aus der Vorratlade holt und die weißen Würfel schnell zerkaut und schon geschluckt hat, einen nach dem anderen, und der die gekalkten Wände mit den Fingernägeln abkratzt und das weiße Pulver aufleckt. Es fällt ihr auch wieder jener Sommertag am italienischen Strand ein, wo unter der Schar von Kindern und Erwachsenen, die gerade Wasserball spielten, auf einmal der kleine Bruder nicht mehr da war, dann entdeckte einer, dass auch das Sandolin, sein kleines hölzernes Paddelboot fehlte. Ein Onkel rief, er sehe weit draußen einen winzigen Punkt, das müsse der Kleine sein.

Plötzlich waren alle sehr aufgeregt, sie schrien und winkten und rannten wild hin und her, bis endlich ein Fischerboot aufgetrieben war, das flott gemacht werden musste und mit knatterndem Außenbordmotor abfuhr, sehr langsam, wie denen am Strand vorkam. Sie starrten hinaus aufs blanke Meer und warteten und warteten, bis das Fischerboot endlich wieder zurückkam, das Sandolin im Schlepptau, neben dem Fischer saß sehr klein ihr Bruder.

Über diesen Vorfall wurde nachher nicht mehr, nie mehr, gesprochen.

Aber das ist nichts, woran sie denken möchte – es ist ja schon so weit weg.

Kino-Drama

Manchmal passiert in dieser ausgezirkelten Welt etwas Besonderes, etwas wirklich Aufregendes, wie diese Sache mit der Tante.

Die Tante, die unter ihnen wohnt, ist eine freundliche, immer gut aufgelegte Person, unauffällig, am Rand ihrer Kindertage, die sie mit den beiden Buben, dem Bruder und dem Cousin, teilt. Ihre Mutter hat mit der Tante trotz des geteilten Hauses und Gartens nicht allzu viel Kontakt: die beiden Frauen leben in verschiedenen Welten, und die Kinder aus der oberen Wohnung besuchen die Tanten-Wohnung nur selten.

Nur in der Kammer des Dienstmädchens der Tante halten sie sich gelegentlich auf. Jetzt gehört sie gerade Tini, die kommt aus dem Burgenland und spricht daheim Ungarisch. Die Tini erzählt gerne von ihrem Zuhause und dann immer wieder von einem Lied, das zu singen drüben, in Ungarn, bei Strafe verboten sei – es ist so furchtbar traurig, dass der, der es singt oder vielleicht auch nur hört, sich umbringen muss.

Die Kinder wollen dieses Lied unbedingt hören, sie betteln und schmeicheln, bis sich die Tini endlich erweichen lässt. Dann sitzen sie auf dem Bett und die Tini singt leise das schreckliche Lied, während ihr die Tränen über die roten Backen laufen.

Die Kinder sind enttäuscht: Was die Tini singt, klingt nur eintönig und langweilig, die drei hören zu, machen ein ernstes Gesicht und versprechen der auf einmal schuldbewussten Tini hoch und heilig, dass sie wirklich nicht zur Donau laufen und sich darin ertränken würden. Vielleicht ist die Tini jetzt enttäuscht über die ausgebliebene katastrophale Wirkung ihres Gesangs.

Jedenfalls ist sie bald darauf fort; im Mädchenzimmer wohnt eine Neue, die Anni heißt. Sie ist groß, größer als die Tante, hat eine lange, spitze Nase und ist städtisch und eingebildet, finden die Kinder. Sie können nicht viel mit der neuen Anni anfangen, die lädt sie auch nie in ihre Kammer ein.

Später fängt die Anni an, bei der Arbeit laut zu singen. Während sie im Stiegenhaus jede Stufe wachst und bürstet und den Staub vom ornamentverzierten Geländer wischt, singt sie mit heiserer tiefer Stimme, laut und immer wieder: »Gebundene Hände, das ist das Ende jeder verliebten Passion. Es spricht noch der Blick von Liebe und Glück, und doch weiß das Herz nichts mehr davon.« Das singt sie wieder und wieder.

Die Tante, die jetzt ein bisschen trauriger als sonst dreinschaut, hat ihr streng verboten zu singen, sagt Walter, ihr Cousin, aber trotzdem singt die Anni weiter.

Dann geschieht urplötzlich eine Katastrophe. So plötzlich, dass man sie vor den Kindern nicht verstecken kann. An einem gewöhnlichen Nachmittag stürzt der Walter in ihre Stube und ruft, dass seine Mutter sich im Badezimmer eingesperrt habe, und einen Zettel habe er im Vorzimmer gefunden, darauf stehe, dass sie sich das Leben nehme – der große Gasofen im Bad! –, und sie mache nicht auf. Die Kinder, Mutter und Mizzi stürzen hinunter und kein Laut von drinnen.

Auf einmal ist der Vater da, in der Hand hält er eine Hacke – er lässt sich das Küchenstockerl bringen, steigt hinauf und schlägt, während sie alle dastehen und zu ihm hinauf starren, mit einem Schlag die gläserne Oberlichte zum Badezimmer ein, Scherben, es riecht nach Leuchtgas. Die Tür wird aufgebrochen und die halb bewusstlose Tante herausgezerrt und in den Garten, in die frische Luft getragen – jetzt erst schauen die Erwachsenen auf und verscheuchen die Kinder.

Die Oberlichte wird frisch verglast und alles ist fast wie

immer. Die Anni singt nicht mehr, der Onkel geht aus und ein, aber mit gesenktem Kopf, und die Tante macht ein bitteres Gesicht, sie sieht jetzt beinahe wie die Großmutter aus.

Bald darauf wiederholt sich die Sache mit dem Badezimmer und dem Gasofen, diesmal an einem Vormittag, sodass die Kinder nichts davon haben, nur die Mizzi verrät ihnen die neue Schauergeschichte.

Jetzt greift der Großvater ein, er erscheint ausnahmsweise in ihrem Haus, die Anni ist fristlos entlassen und muss gehen, Onkel und Tante werden zu standesgemäßer Eintracht ermahnt. Das erfahren sie alles ganz genau durch den Cousin, dem seine Mutter täglich ihr Leid klagt.

Außerdem hat der Großvater einen Detektiv engagiert, um die Schritte des Onkels zu bewachen, der immer wieder versucht, sich zu seiner Liebsten, der Anni, zu stehlen, die ganz in der Nähe eine kleine Wohnung hat. Wenigstens das hat der behäbige Detektiv herausgefunden.

Die Kinder sind entzückt, weil endlich etwas geschieht, nie hätten sie gedacht, dass sie etwas erleben würden, das sonst nur in Büchern wie in *Emil und die Detektive* beschrieben ist.

Der Onkel scheint die Anwesenheit des Detektivs zu merken: Wenn er aus seinem Herrenzimmerfenster schaut, sieht er ihn auf der anderen Straßenseite, nur halb verdeckt von einem Alleebaum, lauern.

Aber der Onkel ist schlau wie ein echter Verbrecher in ihren verbotenen Groschenheften: Er denkt nicht im Traum daran, die Gartentür zu benützen. Aus ihrem Versteck sehen die Kinder ihn das Haus verlassen.

Sie sind jetzt die Assistenten des Detektivs, sie schleichen dem Verfolgten nach übers Gelände des am Abend verlassen liegenden Holzplatzes, ganz hinten sehen sie seine Gestalt geschwind über den hohen Bretterzaun klettern und hören den Aufprall, als er draußen auf der Straße landet, sein Sohn, der Walter, bleibt ihm weiter auf den Fersen. Sie selbst keucht mit ihrem Bruder zurück, zum Detektiv hinterm Baum, dem sie atemlos vom Entkommen seines Beobachtungsobjektes berichten.

Der dicke Mann ist ihnen gar nicht dankbar, leise schimpfend, ohne von ihnen Notiz zu nehmen, geht er langsam hinüber zur Tramwaystation.

Dann schlafen die Dinge ein, irgendwann wird die Tante in eine Nervenklinik eingeliefert und kommt nach einigen Wochen blass und schweigsam wieder zurück, der Onkel ist ausgezogen und wohnt jetzt bei seiner Liebe, sagt die Mizzi, erscheint zwar pünktlich an jedem Morgen um sieben Uhr an seinem Schreibtisch und erledigt seine

Tagesgeschäfte wie früher auch, taucht aber nicht mehr bei den Familienessen am Donnerstagabend auf, und die Tante auch nicht, sie lebt recht unbeachtet in ihrer alten Wohnung, zusammen mit ihrem Sohn. Bald darauf, als sie eine Geschiedene ist, ist es, als gehöre sie nicht mehr zur Familie, fast wie eine Fremde ist sie jetzt.

Und die drei Kinder treffen sich auch kaum mehr zu ihren alten wilden Spielen. Sie selber hat keine rechte Lust mehr dazu, und der Walter tut überhaupt, als gehöre er schon zu den Erwachsenen, dabei fängt er in der Schule ein Nichtgenügend nach dem anderen ein.

Planetenläufe

Sie geht gerne in die Putzerei, und zuhause ist man froh darum, denn die Putzerei liegt jenseits der alltäglichen Einkaufswege. Die Putzerei ist ein wichtiger Ort, nicht wegen der schweren Mäntel, Anzüge und Seidenkleider, die dort von Zeit zu Zeit landen, sondern wegen der weißen steifen Hemdkragen, die wöchentlich in großer Zahl hingetragen und wieder abgeholt werden müssen; der Vater wechselt seine Kragen oft zweimal am Tag.

Als sie ein Kind und dann ein Mädchen ist, trägt jeder Herr, der auf sich hält, einen solchen Vatermörder an sein nur wenig gestärktes Hemd geknöpft. Die Mutter macht Witze über arme Studenten, die sich zu Prüfungen oder zum Rendezvous, um nicht aus dem Rahmen zu fallen, einen abwaschbaren Zelluloidkragen mit Schnüren umbinden.

So trägt sie einmal in der Woche die weißen Krägen, so, wie sie aus der Waschküche kommen, zur Frau Ambros und steigt die Stufen ins dämmrige Geschäft hinunter, wo Kleidungsstücke in langen Reihen warten. Kundschaft ist hier spärlich; wenn einmal eine mollige, vielredende Frau vor ihr da ist, wartet sie stumm in einem Winkel, bis sie an die Reihe kommt.

Das Alleinsein mit der Frau Ambros ist wichtig: es haben sich nämlich im Laufe der Wochen interessante Gesprächsthemen herausgebildet. Meistens fragt die kleine, dicke, jedoch behände Frau mit den schneeweißen Haaren und den warmen braunen Augen sie nach ihren Schulfächern aus, von Latein über Physik bis Geographie – leider hat sie eine Vorliebe für die Mathematik, darin scheint sie sich besser auszukennen als die Gymnasiastin, die gerade erst beginnt, mit Sinus und Cosinus und Logarithmentabellen umzugehen.

Als das gegenseitige Vertrauen wächst, weiht Frau Ambros sie in ihr Steckenpferd, die Astrologie ein. Sie erstellt für Interessierte manchmal Horoskope und kann auch über die astrologischen Bedingtheiten von Goethe und Schiller sprechen.

Einmal erwähnt sie zu Hause am Nachtmahltisch beiläufig die Putzereifrau, der Vater wird aufmerksam, und das nächste Mal muss sie ihm die Berechnungen der Frau Ambros mitbringen, was dieser sehr schmeichelt, denn der Vater ist ja ein forschender Techniker, der seine Untersuchungen an der Technischen Hochschule durchführt. Den Vater beeindrucken die mathematischen Kenntnisse dieser Frau, die im Brünner Raum nur eine Volksschule besucht hat – sie muss später fleißig Vorlesungen und Seminare an der Volkshochschule, der Urania, besucht haben, meint er.

Sie selbst hat nie darum zu bitten gewagt, jedoch nach einigen Monaten bietet Frau Ambros von sich aus dem Mädchen an, ihm kostenlos ein Horoskop zu erstellen.

Die Mutter wird beiläufig nach der Geburtszeit gefragt, danach muss sie lange warten.

Endlich ist es so weit: In ihrem harten, halbslawischen Dialekt, den sie von zuhause mitgebracht hat, erfährt sie von Frau Ambros, dass sie ein ganz ungewöhnliches, ein grandioses Horoskop habe. Ihr Leben fange ganz gewöhnlich an: lernen, heiraten, vier Kinder, nein fünf – aber jetzt käme es: sie werde alles liegen und stehen lassen und nach Asien aufbrechen, dort ein neues, anderes Leben beginnen, und nach vielen, vielen asiatischen Jahren, in Indien vielleicht, vielleicht in China, werde sie zurückkehren und hier eine neue Religion begründen, die sich verbreiten werde.

Sie ist hingerissen von dieser Prophezeiung, packt die Krägen und die Krawatten und rennt den ganzen Weg nachhause, wo sie zum Glück auf die Mutter trifft, die gemütlich am Gartentisch sitzt und Ribisel rebelt.

Sie steht vor der Mutter und sprudelt die herrlichen Neuigkeiten heraus. Die Mutter, misstrauisch gegenüber allem Esoterischen, ist aufgesprungen, und schon spürt sie die Ohrfeige auf ihrer Wange brennen. »Und deine fünf Bankerten lässt du bei mir!«, ruft die Mutter.

Sie hat gar nicht gewusst, dass ihre Mutter auch im Dialekt sprechen kann.

Der *Rosenkavalier*

Mit 15 hatte sie endlich ihre Eltern herumgekriegt und konnte von der verhassten Klosterschule in eine freiere, modernere wechseln. Dort war vieles neu und aufregend: der freie Umgang zwischen Professoren und Schülern, die nachmittägliche Mitarbeit im Schulgarten, die Ausrichtung auf eine ein wenig gewollte Natürlichkeit.

Bald hatte sie auch eine Freundin gefunden. Die Herta war eine Außenseiterin in ihrer Klasse, sie war launisch und herrisch und konnte grob sein, aber sie folgte dem Mädchen in den Schwimmklub, und an ihren freien Nachmittagen saßen die beiden über ihren Büchern, schwätzten, lasen einander den *Zarathustra* vor und schwelgten wie betrunken in den Gedichten dieses Rainer Maria Rilke – welch wunderverheißender Name! Sie lasen diese Gedichte und es war gar nicht nötig, dass sie sie verstanden.

Sie lasen und lasen immer wieder den *Wanderer zwischen beiden Welten* des Walter Flex und dazwischen ein wenig beschämt die Berggeschichten des Luis Trenker – den mochten ja ihre Eltern auch.

Die Herta kam aus einer interessanten Familie – ihre Eltern, Ärzte, hatten beide lange im gerade kommunistisch gewordenen Russland gearbeitet und hatten dort als Freiwillige in entlegensten Landstrichen Volksseuchen zu bekämpfen versucht.

Von diesem kommunistischen Idealismus war etwas geblieben:

Einmal als ihr die Herta, als sie ihre neue Technik demonstrierte, das Schlagballholz auf den Kopf gedonnert hatte, brachte ihr die Reumütige nachher ein wichtiges Buch: ihre Mutter sage, das müsse jeder Mensch einmal studiert haben. Es war das *Kapital* von Karl Marx. Unter der Platane lag die Verletzte im Liegestuhl, den Eisbeutel auf dem Kopf, und versuchte in diesem Wörterwälzer zu lesen. Jedoch gab sie bald auf und konnte sich auf ihr Kopfweh ausreden.

Einmal zieht sie die Herta in eine Ecke – sie müsse mit ihr ein Geheimnis besprechen. Ihre Mutter sei Halbjüdin, sie selbst also eine Vierteljüdin, und wenn das Mädchen deswegen nicht mehr ihre Freundin sein wolle, könne man auch nix machen.

Mit diesem stotternd herausgestoßenen Bekenntnis kann die andere nichts anfangen, und es bleibt zwischen den beiden alles, wie es vorher war.

Zum Geburtstag hatte Hertas Mutter, die Frau Doktor, den beiden Mädchen Opernkarten verschafft, den *Rosenkavalier* könne man nicht früh genug hören, behauptete sie, das sei die beste Oper von allen, und noch herrlicher als die von Mozart.

Also trabten die beiden Freundinnen an einem düsteren Novemberabend brav in die Oper. Schon die Inhaltsangabe im Programmheft verhieß nichts Gutes – die Geschichte erschien den beiden 15jährigen banal – »oberflächlich«, zischte die Herta verächtlich.

Und böse ging es weiter: die unharmonische Musik flog ihnen schrill und in Splittern um die Ohren – kaum eine Melodie, die die beiden hätten nachsingen können. Und auf der Bühne ging es so hektisch zu. Was sollte dieser ganze Aufwand? Und diese prunkvollen Kostüme und gezierten Bewegungen dort oben – kein Wunder, dass so etwas den Eltern gefiel.

»Falschheit durch und durch«, sagte die eine laut, und »verlogen« die andere, als sie endlich in der Pause mit verächtlichen Mienen und Gesten zwischen all den anderen heiteren Paaren auf- und abmarschierten. Leider nahmen die gar nicht von ihrer Abscheu Notiz – die unterhielten sich angeregt und sehr zufrieden.

Dann saßen sie wieder in ihrer Loge, es wurde dunkel,

das Spiel begann. Als irgendein Fagott – oder war es eine Trompete – jetzt einen schrillen Gieckser ausstieß, hatten die beiden genug; wie ein Mann erhoben sie sich von ihren Samtsesseln und schlichen hinaus, bekamen von der erstaunten Garderobefrau ihre Mäntel ausgehändigt und standen schon draußen auf der regennassen Ringstraße, die ihnen nach dem hellen Glanz drinnen doppelt finster vorkam.

Und es half nichts: Sie mussten jetzt dieses Gebäude, die Festung, die Oper, umkreisen und immer wieder umkreisen, in ihren schönen Stadtmänteln froren sie bald und konnten sich nur ein wenig helfen, in dem sie in langen Schimpftiraden immer von neuem ihren Zorn, der langsam in den Köpfen verlosch, anzufachen versuchten.

Dann strömten endlich die Zuschauer aus der Oper, und jede durfte in ihre Straßenbahn steigen und endlich heimfahren, wo sich ihre Mutter im Bett aufrichtete und ins Dunkel hinein fragte, ob es nicht herrlich gewesen sei, und sie antwortete, »Ja, sehr interessant« sei der *Rosenkavalier,* und drüben musste wohl die Herta eine ähnliche Frage beantworten und dazu noch den herzlichen Dank des beschenkten Geburtstagskindes ausrichten, bis auch sie endlich ins warme Bett durfte.

Während das Mädchen einschlief, dachte es an den

kommenden Sonntag. Sie würde mit der Herta weit hinausradeln, ins Burgenland?, und sie würden im Fahren ansingen gegen den Wind: »Jörg von Frundsberg führt uns an« oder »It's a long way to Tipperary« – wie es ihnen die Englisch-Professorin beigebracht hatte, und dann würden sie unter einem Apfelbaum Rast machen und die Kümmerlinge in großen Bissen verspeisen, sie spürte schon die Säure im Mund, und sie würden frei sein, so frei, und wer weiß, was alles jetzt käme – vielleicht schon morgen.

Bergheil

Die beiden Kinder dürfen/müssen ihre Großeltern im Badeort besuchen, wo deren glücklich überstandene Kur mit Ausflügen in die herrliche Alpenlandschaft, so bezeichnet sie der Großvater, abgeschlossen wird.

Die Kinder werden also im Großelternauto nach Hofgastein verfrachtet und erhalten ein Zimmer im nobelruhigen Hotel. Die Großeltern sind noch mit ihren Behandlungen beschäftigt, und danach benötigen sie eine ausgiebige Bettruhe. So sehen Schwester und Bruder die beiden nur bei den drei, nein vier Mahlzeiten, sie sitzen dann mit ihnen am reich gedeckten Tisch und haben vom vielen Essen schon eine leichte Abscheu vor den Speisen, die so appetitlich angerichtet sind und so köstlich duften, dass die Kinder dennoch davon kosten müssen und dem Drängen der Großmutter nachgeben und essen und weiteressen, bis sie wirklich nicht mehr den kleinsten Bissen hinunterbringen.

So lernt das Mädchen ein ganz neues Körperempfinden kennen, das ihr unangenehm erwachsen vorkommt.

In den langweiligen Pausen zwischen den Mahlzeiten ist das Mädchen auf sich gestellt, ihr kleiner Bruder, der der Gymnasiastin nachgewachsen ist, auch er schon im Gymnasium, zieht sich wie immer, nach außen unbewegt, in seine eigene undurchdringliche Welt zurück.

Sie selbst schleicht manchmal zu kurzen Gängen aus dem Hotel, die Ache entlang, die gezähmt zwischen Baumreihen dahinläuft, auch hier alles geordnet, schnurgerade Promenade, gerader Flusslauf, die begleitenden Bäumchen marschieren brav wie kleine Soldaten, aus dem Hintergrund blitzen die Berge herüber.

Endlich ist die Kur der Großeltern zu Ende, jetzt machen sie Tagesausflüge in die umliegenden Täler. Der Fahrer, er ist nicht ihr Wratschko, sondern der kleine Mann in schwarzen Breeches und schwarz glänzenden Stiefeln, bleibt stehen und zeigt auf einen hohen Felsen, wo er Gämsen erspäht hat. Der Großvater hebt sein Fernglas und schaut auch und nickt zufrieden. Sie haben die Gämsen gesehen, das war ja ein Ziel.

Im Fahren sieht der Großvater rechts und links zum Fenster hinaus und sagt manchmal: »Schön!« Er sagt es bedeutungsvoll, mit einer ganz anderen Stimme als sonst, und spitzt die Lippen dabei. Die Großmutter schweigt wie immer und die beiden Kinder in den Notsitzen gegenüber nicken stumm und sagen dann auch »schön«, wie es der Großvater als Lohn für sein Einladungsgeschenk erwartet.

Nachher halten sie vor einem Keramik-Geschäft, dort stehen in langen Reihen die Alpentiere: große und kleine Eulen, Rehe vor Tannenbäumen und Gämsen auf Felsen, alle schimmernd hochglasiert und farbenstolz. Der Großvater sucht lange aus, mit ernster Kennermiene, und fragt manchmal das Mädchen nach seiner Meinung. Die findet all das lackierte Porzellanzeug widerlich und ärgert sich zugleich, weil sie sich eingesperrt fühlt in all dem Abgeklatschten, in dem ein einmal Lebendiges gefangen gehalten wird. Außerdem hat sie ja schon gelernt, dass sie einen solchen Kitsch zu verabscheuen hat.

Die Eulen-Geschenke für Söhne und Schwiegertöchter sind endlich gut verpackt und im Kofferraum verstaut, jetzt dürfen sie jausnen, sagt der Großvater, nach den Gämsen, dem Wasserfall und den Keramikrehen. Sie fahren also zum »Grünen Baum«, wo es auf der Aussichtsterrasse sehr schön ist. Sie sitzt da und rührt in ihrem Schlagoberskaffee, beißt vorsichtig ab von ihrem Guglhupf und schaut hinüber, wilde Bergspitzen auch hier und darunter die grünen Matten, wenn das Gras dort die Finger streichelt, wird das sanft und seidenweich sein und winzige Blumen dazwischen, blaue, und ein dünner Wasserfaden in all dem Grünen, und bald wird sie drüben sein, dort drüben, und dann frei und allein.

Der andere Großvater

Je älter sie wird, desto mehr entfremdet sie sich dem geliebten Großvater.

Schon als sie neun oder zehn Jahre alt war, hatte sie gemerkt, dass sie als Einzige ein nahes Verhältnis zu ihrem Großvater haben durfte, während alle anderen ihn achteten und fürchteten. Noch später begreift das Mädchen, dass der Großvater ein strenger Chef ist, der die Zügel nicht aus der Hand gibt und seine vier Söhne, die jeder in den verschiedenen Zweigen des sich vergrößernden Betriebes arbeiten, an kurzer Kandare hält.

Er hat auch das Haus bauen lassen, in dem die Enkelin mit ihren Eltern wohnen darf, mit seiner spiegelgleichen Aufteilung der beiden Wohnungen für seine damals noch unverheirateten Söhne. Und er hat dabei auf die Kinderzimmer vergessen, obwohl sein Lebensplan nur um sein Unternehmen und seine Familie kreiste, die dessen Fortbestand sichern sollte – und also auf Söhne und Enkelsöhne ausgerichtet war. Vor allem, das spürt sie, auf ihren Vater, der als ältester und wohl ehrgeizigster der Nachkommen seine eigenen Ideen hat, wie man die Firma weiter vergrößern und in wagemutigere Konstruktionsbereiche ausbauen könnte.

Als sie heranwächst, taucht die Gymnasiastin ganz ein in ihre neue Welt, zwar fragt sie der Großvater noch manchmal, was sie im Gymnasium so lerne, in Latein, in Geografie und Geschichte. Sie entdeckt, dass der alte Mann die Geschichte im Kopf hat, nicht als die Zahlen und Fakten, die sie für die Schule auswendig lernen muss, sondern als bunte Bilder: die Ermordung Caesars durch in weiße Tücher gekleidete glatzköpfige Männer, die gotische Königstochter – hieß sie Amalaswintha? –, die im von ihren Feinden verrammelten Bad einen schrecklichen Hitzetod erleiden muss …

Ja, selbst ein wenig Latein kann der Großvater aus seiner böhmerwäldlerischen Ministrantenzeit, obwohl er nie studieren konnte; fehlerlos sagt er noch immer Credo und Paternoster auf.

Aber seit ihm die Enkelin *De bello Gallico* vorübersetzt hat, redet er nicht mehr von seinem Ministranten-Latein. Der Großvater war aus ihrem Leben getreten und sie vielleicht aus dem seinen.

Aus dieser neuen Entfernung sieht sie nun den Großvater als einen kleinen, behäbigen Mann, mit einem Gesicht, das der Wein schon gezeichnet hat, und sie sieht jetzt in ihm auch, was die anderen schon immer gesehen haben: die Selbstgewissheit eines Herrschenden, der seiner Macht sicher ist und darum großmütig sein kann, wenn er es so will.

Aber noch immer ist die Herkunftsgeschichte des Großvaters, die in ihrer Umgebung als eine Art Heldensage weitererzählt wird, für sie ein Grund, auf ihn stolz zu sein:

Ein Häuslersohn aus dem Böhmerwald, aus der kleinsten Keusche, versteckt am modrigen Waldrand, der in die weit, weit entfernte Hauptstadt kommen wollte und auch kam, um bei einem Onkel das Zimmererhandwerk zu lernen, der sich später verlobte mit einer vorstädtischen Glasertochter, die schon »etwas Besseres« war, der einrücken musste und beim Drei-Kaiser-Manöver im Waldviertel – das war wohl in den 1860er Jahren – sich die Augen gerieben hatte, weil diese nördliche Landschaft seiner heimatlichen so ähnlich sah, und der sich damals geschworen hatte, gerade hier würde er einmal ein Gut besitzen und Felder und Wälder dazu und jagen gehen wie die Herrschaft daheim, und das alles nicht viel später auch wahr gemacht hatte.

Die heranwachsenden Söhne wurden mit ihrem Hauslehrer auf eine Bildungsreise nach London und Paris geschickt – so geht diese Geschichte weiter; und die verhätschelte einzige Tochter in ein Pensionat in die französische Schweiz.

Den Adelstitel, der dem neuen Guldenmillionär als Hoflieferant angetragen wurde, habe der Großvater jedoch abgelehnt – ein solcher hoher Titel würde sich an seinesgleichen nur lächerlich ausnehmen und stehe seiner Bürgerehre entgegen.

Sie sieht, wie der Großvater mit den Zimmerern und Tischlern umgeht, er ist gerecht und großzügig, er ist geachtet und gefürchtet zugleich.

Aber da ist auch etwas anderes, das sie schon früher geahnt hatte, wenn sie ihre Großmutter streng und doch so verloren durch den Garten gehen sah, wenn sie den Kindesgehorsam der Herren Söhne sieht – selbst ihres so starken Vaters – und die mühsam verhohlene Feindlichkeit der Schwiegertöchter.

Da sind die Geschichten aus seiner Bubenzeit, die der Vater seinen beiden Kindern ein einziges Mal erzählte. Damals, als die Mutter auf einer Kur war und der Vater seinen Kindern dieses einzige Mal erlaubt hatte, in sein Bett zu kriechen; andächtig lagen sie und der kleine Bruder steif und starr und lauschten diesen Erzählungen von wilden Bubenabenteuern: darin taucht ein zorniger Großvater auf, der seine Söhne mit der Hundepeitsche strafte und vor dem die Söhne solche Angst hatten, dass, als sich der Zweitälteste beim verbotenen Fußballspielen das Auge verletzte, es alle vor dem Jähzorn seines Vaters – der doch auch des Mädchens geliebter Großvater war! – verheimlichten, der Bub wimmerte oben im Bubenzimmer unter seinem Polster die ganze Nacht lang, und als am Morgen die Verletzung nicht mehr zu verbergen war und ein Arzt gerufen wurde, stellte sich heraus, dass das Kind auf diesem Auge sein Leben lang blind bleiben würde.

Da bedurfte es gar nicht der Tante, der verwöhnten einzigen Tochter der Großeltern, die viel später einmal vor sich hin murmelte: »Ja, wir haben es als Kinder schön gehabt. Aber er war so streng, so streng war er zu den Buben!«, und da ist auch jetzt noch ein Grauen in ihrer Stimme.

Als der Großvater schon lange nicht mehr Firmenchef war, das war jetzt ihr Vater, und das Unternehmen blühte, der Großvater durfte sich noch immer »Seniorchef« nennen, da hatte er sich jedoch immer mehr zurückgezogen, zuerst, nachdem die Großmutter gestorben war, und noch mehr nach dem Kriegsende, als er zwei oder drei Wochen in seinem Bienenhaus leben musste – die russischen Offiziere, die sein Haus beschlagnahmt hatten, waren vielleicht Städter und mieden also das Bienenhaus und die obstbaumbestandene Wiese rundherum. Der uralte Gärtner, der Navratil, hatte den Versteckten mit Essen und Trinken versorgt.

Wenn sie daran denkt, ist dies wie die alte Geschichte von einem schottischen König auf der Flucht, der alles verloren hat und als Geschlagener in Verstecken dahinsiecht.

Nachher ist der inzwischen verwitwete Großvater wieder da und dennoch für sie, die Studentin, kaum mehr vorhanden.

Als sie dann gerufen wurde, weil der Großvater im Sterben lag, stand sie mit den anderen Verwandten in seinem Schlafzimmer und sah ihm beim Sterben zu.

Er lag klein und schmächtig im breiten Ehebett, in sicherer Entfernung, und am anderen Ende des großen Schlafzimmers standen seine Söhne und Schwiegertöchter eng beieinander. Sie war unter ihnen die einzige aus der nächsten Generation. Eine Gefangene unter den anderen Gefangenen. Der Hausarzt stand auch bei ihnen, manchmal machte er den Weg hinüber zu dem Sterbenden, der jetzt röchelte, maß den Blutdruck, hörte die Herztöne ab, einmal gab er eine Injektion und kehrte wieder zurück zu den anderen Wartenden.

Sie sah zu, kalt, wie sie einmal einer Katze beim Sterben zugeschaut hatte. Plötzlich fühlte sie Wut in sich aufsteigen, die sie gleich zu etwas völlig Verrücktem zwingen würde. Sie ballte die Fäuste, als wollten sie auf den Vater, die Mutter und alle anderen einschlagen. Da legte ihr der Doktor den Arm um die Schulter und führte sie sachte aus dem Sterbezimmer.

Sie saß im Großvatergarten, auf der weißen Bank unter der Linde, und drinnen starb der Großvater, sie konnte nicht weinen und war ganz leer.

Kerkergitter und Fahnen

Eine nach der anderen bringen die Dienstmädchen neue Erfahrungen in das Leben der Kinder, von denen die Eltern hinter den sichernden Schranken von Etikette und Standesbewusstsein nichts ahnen und vielleicht auch nichts wissen wollen.

Die Mizzi zuerst, mit ihren Raub- und Mordgeschichten, sie bringt den noch Kleinen das Grauen bei und die Angst vor bösen Menschen, die sich hinter freundlichen Masken verstecken.

Die Hansi, die verlobt ist und auf die Hochzeit mit ihrem Schneidergesellen spart und sonst nichts im Kopf hat: Sie will nichts als Verheiratetsein und Kinder haben, so wie ihre Mutter und die Großmutter, und da wird die weiße Weite der Zukunft den Kindern auf einmal vollgestellt und eng.

Die halbzigeunerische oder halbungarische Rosa, sie heißt ganz anders, aber ihren Namen kann sich die Mutter nicht merken, darum heißt sie jetzt Rosa. Sie singt traurige oder sterbenslangweilige Lieder, wenn die Eltern fort sind.

Und jetzt die Mizzi, eine andere Mizzi. Über ihrem Bett hängt das Bild ihres Verlobten, es sei ein Selbstporträt, sagt die Mizzi stolz. Es zeigt einen Gefangenen hinter Gitterstäben, seine Hände umklammern die Stäbe, er presst das Gesicht dagegen, und seine Augen folgen dem Mädchen, wohin sie sich in der engen Kammer auch wenden mag.

Ihr Verlobter hat das Bild im Konzentrationslager gemalt, sagt die Mizzi, die haben ihn eingesperrt, weil er ein Nazi sei, ein Illegaler, und das mit den Augen sei eben der Trick.

Das Mädchen ist beinahe kein Kind mehr mit seinen vierzehn Jahren, im Gymnasium übersetzen sie Ovid und im nächsten Schuljahr werden sie den *Faust* lesen, aber den hat das Mädchen sich ja schon alleine vorgenommen. Sie ist freilich irgendwo im aus den Ufern tretenden zweiten Teil stecken geblieben, aber sie hat für sich die Buchhandlungen entdeckt, sie spart ihr Taschengeld und trägt es dann in den Buchladen und blättert dort lange in lauter Unbekanntem und sucht sich aus der Reihe der dünnen Bändchen aus, was sie anruft: Nietzsche, Gedichte und Novellen von Unbekannten und das Volksbuch von der schönen Magelone und etwas von einem Meister Ekkehard vielleicht, weil sie diesen Text überhaupt nicht versteht, und manchmal wählt sie die Bändchen aus der

Insel-Bücherei auch nach den mit schönen Ornamenten geschmückten Buchdeckeln.

Allmählich erschließt sich ihr eine neue Welt aus Dichtung und Musik, in der jeder Schritt eine neue Entdeckung beschert. Wie reich ihr das Leben jetzt scheint, wie hinter dem Erschlossenen sich immer neue Horizonte eröffnen!

Zu anderen Stunden fällt das Mädchen in die Geheimwelt der Mizzi mit ihrem Doppelleben, die in ihren freien Stunden Nazi-Flugblätter austrägt und oben auf ihrem Dachboden Hakenkreuzfahnen versteckt hält. Manchmal berichtet sie den drei Kindern atemlos, wie sie von der Polizei gejagt worden und gerade noch mit der geschmuggelten Pistole entkommen sei. Ihren jungen Zuhörern verschlägt es den Atem, weil das alles so aufregend und abenteuerlich ist.

Die Mizzi bringt ihnen auch ihre Nazi-Lieder bei, die singen die Kinder mit ihr aus vollem Hals, wenn die Eltern ausgegangen sind, sollen es die Leute draußen nur hören und die Polizei rufen, dann werden sie mit der Mizzi entweder flüchten müssen oder gefangen werden und als Helden im Konzentrationslager leben wie Mizzis Bräutigam.

Einmal sind Vater und Onkel mit ihren Familien zu

einem Sommerbesuch im Waldviertler Großelternhaus. Bekannte sind gekommen, die Erwachsenen sitzen unter der Linde im Schatten und trinken Bier, da werden die drei Kinder gerufen, die sich hinters Bienenhaus zurückgezogen haben und sich langweilen. Sie werden aufgefordert, die Lieder vorzutragen, die sie von der Mizzi gelernt hätten – haben die Eltern also doch etwas gemerkt?

Sie stellen sich hin und zögern, dann beginnt der Walter leise zu singen, er singt falsch wie immer, »lauter«, rufen die Großen, und jetzt sind die drei ganz im Singen, sie singen sehr laut, der Garten ist groß, kein Fremder in der Nähe, sie singen »Die Fahne hoch«, dieses Lied, das strengstens verboten ist, und »Ich bin ein junger Sturmsoldat«. Sie wissen eigentlich nicht, was ein Sturmsoldat ist, wie sie auch von der SA nur vage Vorstellungen haben, aber der »Sturmsoldat« muss Weib und Kind geschwind verlassen, das traurige Lied geht den Kindern zu Herzen, es handelt von wahrer aufopfernder Tapferkeit. »Noch eines«, rufen die lachenden Erwachsenen, dieser Erfolg gefällt den Kindern, also singen sie von Herzen »HJ Kameraden, hängt die Juden, stellt die Pfaffen an die Wand« und dann das Lied mit der Zeile: »Und wenn das Judenblut vom Messer spritzt, ja dann geht's noch mal so gut«. Die Erwachsenen johlen und applaudieren, als säßen sie bei einer Komödie im Theater – und das Mädchen trifft es, als sie das vom »Judenblut« schmettert, wie ein jäher Schock: Was sie da singen, bedeutet ja etwas Schreckliches!

Irgendwann ist dann der Spaß vorbei und die drei dürfen gehen und sie kann vergessen, was gerade war. Die Mizzi ist auf einmal auch nicht mehr bei ihnen und das Fahnenversteck am Dachboden ist leer. Und mit der Mizzi ist auch das Kerkerbild weg und nur, wenn sie abends in ihrem Bett liegt und aufs Einschlafen wartet, sieht sie manchmal hinter den geschlossenen Lidern den gefangenen Helden hinterm Kerkergitter und der schaut sie an.

Als alles stürzte

Mit einem Trupp Mädchen, die sie alle gestern noch nicht kannte, zieht sie durch Menschenmassen stadtwärts, die Große vorne trägt eine Hakenkreuzfahne an einer Art Besenstiel – solche Fahnen überall, sie hängen aus den offenen Fenstern, wo sich jubelnde, winkende Menschen drängen, irgendwo Trommeln, alle singen, nein, brüllen die verbotenen Lieder, sie singt mit, sie hat sie ja von der Mizzi gelernt, plötzlich Protestschreie aus der Menge – und schon wieder verstummt. Es ist wie ein Rausch, von dem man, so lange er einen in seinen Armen hält, glaubt, jetzt werde es ewig so bleiben, etwas Herrliches, noch Unbekanntes ist über sie alle hereingebrochen, sie alle sind glücklich und wissen nicht, warum. Sie ist in ein anderes Leben gefallen.

Es wird eng in der Menschenwolke, auf einmal ist in der Fortbewegung etwas wie ein hemmender Strudel, als dränge eine Gegenkraft an, dann löst sie sich, singend zieht ihr Trupp weiter, den Trommeln nach.

Nicht viel später, als der Rausch so plötzlich vorbei ist,

wie er sie und die meisten befallen hat, wird das Erwachen kommen, das Sehen und das Nachfragen.

Und dann ist schon Krieg und nichts wird mehr so sein, wie es damals in Vineta war.

Italienischer Sommer

Im Sommer scheint das Jahr 1938 den vorhergegangenen wieder ähnlich.

Auch dieser Sommer ist so sonnedurchtränkt wie die vorigen und – ist er nicht doch anders?

Der kleine Fischerort mit den eng zusammengeschachtelten kleinen Häusern auf der einen Seite der Bucht und der sich auf der anderen Seite hinziehende Strand mit den spärlichen bescheidenen Sommervillen, ihren schattigen Gärten voller Lorbeergebüsch und anderem Stacheligen liegt nicht weit von Abbazia, das später Opatija heißen wird. Vor ihnen breitet sich auf dem lichten Meer schwarz der breite Rücken der Insel Cherso, die einige Jahre später Cres heißen wird.

Die Schwester der Mutter hat in eine große, halb italienische, halb kroatische Familie eingeheiratet, ihre Mitglieder sitzen in den Villen, die schon die Großväter gebaut haben.

Es ist dasselbe lockere Ferienleben wie in jedem Sommer: Wer will, trifft sich spät vormittags am Strand zum Sonnen und Schwimmen und Ballspielen. Nur die sonst so gut aufgelegte Tante Aranka, die in Zagreb zuhause ist, hält sich heuer von den anderen fern. In einiger Entfernung von ihnen liegt sie stumm auf ihrem Badetuch und neben ihr spielen ihre beiden Kinder Egon und Nadiza stumm ein Geschicklichkeitsspiel mit kleinen Kieselsteinen, schleudern sie hoch und fangen sie mit dem Handrücken auf. Sie kennt das Spiel auch, wenn die Steine, einer oder zwei oder drei, hochgeworfen werden, muss man schnell in die Hände klatschen, einmal, zweimal oder gar dreimal, ehe der Spielstein oder die -steine wieder sicher gefangen werden.

Sie blinzelt hinüber und sieht den beiden schweigenden Kindern bei ihrem Spiel zu – manchmal fällt ein Steinchen klickend auf den Kieselstrand.

Einmal hat sie die Mutter gefragt, warum die Tante Aranka nicht mehr bei ihnen sitze; die hat darauf nur geantwortet, dass sie eine Jüdin sei. Das scheint wie ein Urteilsspruch, an den sich jetzt alle halten müssen.

Sie, die jetzt bald 15-Jährige, hat neue Gewohnheiten angenommen: An den Nachmittagen zieht sie nicht mehr mit dem Trupp der anderen Noch-Kinder durch die Gärten, um müßig hie und da von irgendwelchen verkrüppelten Obstbäumen zu naschen oder ein Wettschießen mit immer kleineren Steinen zu veranstalten oder nur auf einem Grasfleck zu rasten und einander lange Geschichten zu erzählen, in Deutsch oder Italienisch oder auch auf Kroatisch, das nicht alle verstehen, weshalb sie sich dann mit ihrem Schul-Englisch behelfen.

Sie hat sich von der Siesta im schattigen Terrassen-Liegestuhl weggeschlichen, den Strandweg entlang zu der jetzt verlassen liegenden Roten Bucht. Dort sitzt sie auf ihrem Felsenvorsprung über den leise anschwappenden Wellen. Die Felsen im Rücken, sieht sie hinaus auf die Fläche des Meeres, sie kommt nicht los vom Wellenspiel und versinkt endlich in den Fluten. Schaukeln, Gewiegtsein. Vielleicht ist sie schon ertrunken und weiß es nur nicht, aber sie sitzt ja weiter auf dem harten durchwärmten Stein. Einmal sieht sie ein Boot und darin steht ein Mann, der langsam sein Ruder eintaucht und sie nicht sieht und draußen vorbeifährt. Und an einem der folgenden Vormittage, als sie alle gerade aus dem Wasser steigen, kommt der Mann in seinem Boot, das heute ein Segel gesetzt hat, und lädt mit einer Handbewegung die Kinder zum Segeln ein.

Die anderen drei machen sich mit der Takelung zu schaffen und spähen dann aufgeregt nach Fischen, sie jedoch sitzt neben dem Steuerrad eng an der Seite des Mannes und weiß, dass er ihr ganz nahe ist, und weiß, dass dieser Fremde es auch weiß.

An den folgenden Tagen kommt das Boot manchmal und manchmal kommt es nicht, und dann kommt es nie mehr, weil der Mann, dessen Eltern hier ebenfalls ein Sommerhaus haben, abgefahren ist, hört sie, und seinen Vornamen erfährt sie jetzt auch.

Sie bleibt zurück mit dieser neuen Unruhe bis ins Herz, bis in den Magen, bis in die Fingerspitzen, und weiß nicht, ob dies nur unbändige Angst ist oder eine Form von Glück.

In ihrer Eigenwelt versunken sitzt sie spätnachmittags im Strandcafé beim Pepič, wo sich Jung und Alt versammeln, und schlürft langsam ihre eiskalte Limonade, während sie gedankenverloren den Gesprächen der Frauen zuhört, die von einer Sprache in die andere fallen, ohne es zu bemerken.

Ihre Mutter sitzt meist stumm zwischen ihnen und stimmt manchmal verlegen in das Gelächter ein, das einer italienischen Satzkaskade folgt.

Dann kommen einer nach dem anderen ihre Männer aus den Büros oder Geschäften in Fiume heim, und manche aus dem angrenzenden jugoslawischen Sušak.

Die Italiener unter ihnen heben den Arm zum neuen Gruß, den ihnen Mussolini beschert hat, ihre Frauen lächeln dazu, wie auch Mütter über ihre spielenden kleinen

Söhne lächeln, aber auch sie blicken stolz auf die eisernen Eheringe, die hier alle an den Fingern tragen: es war ihnen eine Ehre gewesen, allen goldenen Schmuck für Italien herzugeben, für den Krieg in Abessinien. Jedoch Afrika und der Krieg sind weit weg und keiner der Verwandten scheint um einen Angehörigen fürchten zu müssen, der dort drüben Soldat ist.

Der Onkel Robert aus der Prager Familienlinie ist beim Pepič mit schwarzen Reiterhosen und in schwarzen Stiefeln erschienen und will jetzt nicht mehr nach den Geheimnissen der Freimaurer ausgefragt werden, denen er in Prag angehören soll. Er hatte früher, wenn ihn die neugierigen Kinder bestürmten, nur ein geheimnisvolles Lächeln aufgesetzt und geschwiegen – jetzt faselt er etwas von der tapferen SS und tut, als wäre er Mitglied.

Aber den Onkel Robert verachten sowieso alle, weil er ein Dampfplauderer ist.

Andere Geheimnisse

Viel später, als alles einstürzte, als ihr kleiner Bruder als 15jähriger in Soldatenuniform gesteckt worden war und aus zerbombten Luftschutzkellern die Leichen ausgrub, und sie selbst im Schutt des ausgebombten Elternhauses nach heilen Schuhen grub, und später, als die Kriegsjahre und die wilden Nachkriegsmonate fest eingemauert worden waren, und nach vielen vielen Friedensjahren, die nicht immer so friedlich waren, als Vineta schon lange Vergangenheit war und nur noch sein Schimmer ins Jetzt heraufdrang, hatten ihre Eltern die junge Frau, in die sich das Kind und das Mädchen von damals unversehens verwandelt hatte, eingeladen.

Sie solle nach einer langen Krankheit einige Tage bei ihnen wohnen, so würde sie sich schneller erholen als im Trubel daheim zwischen den kleinen Kindern.

Sie wohnt im Zimmer des toten Bruders, das immer leer steht, sie schläft in seinem Bett und sitzt in seinem Lehnstuhl und vor seinem Schreibtisch.

Ihr ist öde zumute, es ist seit Stunden still im Haus, alle sind ausgegangen.

Müßig öffnet sie die unversperrten Schubladen des Bruder-Schreibtisches. Briefschaften liegen da, vorne eine schwarze Pistole. Die hatte sie nie bei ihrem Bruder gesehen. Daneben ein Brief, der in der ordentlichen Handschrift des Bruders an die Mutter adressiert ist.

Liebe Mutter, wenn du das liest, habe ich Schluss gemacht. Ich weiß, dass ich nie mehr gesund werden kann – und jetzt reicht es mir. Kränke dich nicht zu lange, du weißt selbst, für mich ist es besser so. Dein Sohn.

Weil sie nichts denken, nichts fühlen kann, schließt sie die Lade und öffnet die nächste und findet darin Liebesbriefe.

Hatte der Bruder denn Mädchen gekannt? Er lebte ja wie eingesperrt: im Krankenhaus, in der Heilanstalt, dazwischen daheim, hier in diesem Zimmer.

Der eine Packen Briefe zeigt eine kindliche Schönschrift, vorgestanzte Worte, die einer benutzt wie ein handfremdes Werkzeug, Liebesworte, die dennoch rühren.

Mein Gott – das war damals die Jungmagd auf dem Hof des Onkels, sie vielleicht 17 und der kleine Bruder 15 Jahre alt.

Andere Briefe in einer erwachsenen, selbstsicheren Schrift. Die Unbekannte bekennt sich zu einer Liebe, die unlebbar sei – sie könne und wolle der Todesgewissheit nicht widersprechen, aber sie wolle, wenigstens brieflich, an seiner Seite bleiben.

Dann noch ein förmliches Schreiben, in dem ein Facharzt dem unbekannten Nachfragenden versichert, dass Sexualstörungen bei der Schwere seiner Krankheit zu erwarten seien – und: alles Gute weiterhin!

Es sind noch andere Briefe in dieser Lade – die mag sie nicht mehr lesen, sie kommt sich wie ein Eindringling vor. Sie sitzt im Sessel des Bruders und starrt vor sich hin. Sie weiß bis heute nicht, was je in ihrem Bruder vorging. Nicht damals, als er ihr kleiner Bruder war, und nicht später, als er, noch immer sehr jung, mit schwerer Tuberkulose aus dem Krieg gekommen war und noch jahrelang zwischen Krankenhäusern, Heilstätten und dem Elternhaus dahinsiechte. So lange er lebte, schien er gelassen und freundlich, ja er schien immer freundlicher und gelassener zu werden, je kränker er wurde, bis er dann plötzlich nicht mehr da war, tot war.

Als sie sich durch die turbulenten Tage mit ihren kleinen Kindern kämpft, bleibt von dieser Entdeckung nichts als eine vage Erinnerung, die, wenn sie auftauchen will, ein leises Herzziehen hervorruft.

Sie öffnet den Schreibtisch des Bruders erst nach Jahrzehnten wieder, als ihre sehr alte Mutter gestorben ist und sie selbst sich an das Ordnen des Nachlasses machen muss. Die Pistole des Bruders liegt nicht mehr am alten Platz, und in der Brieflade darunter ist weiße Leere. Zu jenem Unbekannten, der ihr Bruder war, wird sie nie mehr einen neuen Weg finden.

Ihr kommt eine Ahnung: Hat sie nicht unten im Arbeitszimmer des Vaters gerade etwas Vertrautes vermisst?

Sie läuft die Stiegen hinunter. Das Regal mit den Familienalben ist leer, nur die großen mit den Firmenfotos von Fabrikshallen und schönen neuen Villen stehen noch an ihrem Platz wie immer. Alles andere ist fort: ihre Kinderfotos und die verblichenen Bilder einer jungen übermütigen Mutter und eines schüchternen mageren Jünglings, der später ihr Vater war. Auch die vielen Reise-Fotos sind verschwunden.

Sie geht zum Schreibtisch des toten Vaters: auch hier Leere. Die Mutter hat alles vernichtet, selbst die Korrespondenz, die der nie gesehene Vater der Mutter einmal mit dem berühmten Autor führte und auf die die Mutter so stolz war, ist fort.

Ausgelöscht alles und nur noch in ihrer Erinnerung aufgehoben.

»Bei recht stiller See hört man noch über Vineta die Glocken aus der Meerestiefe heraufklingen mit einem trauervoll summenden Ton.«

(Ludwig Bechstein: Deutsches Sagenbuch, Leipzig 1853)

Inhalt

Umschlag: & Co www.und-co.at
Satz: AD
Druck: Theiss
ISBN 978-3-85420-845-7

Literaturverlag Droschl Stenggstraße 33 A-8043 Graz
www.droschl.com